U0506288

这样的夜空，
人们这种热烈的情绪，
让昭怀念起久违了的那片荒草里，
不远处的那片荒草里，
蟋蟀叫得那么执着。

西双版纳的女神

人民文学出版社

残雪 著

图书在版编目（CIP）数据

西双版纳的女神／残雪著. —北京：人民文学出版社，2022
ISBN 978-7-02-015172-1

I.①西… II.①残… III.①短篇小说—小说集—中国—当代 IV.①I247.7

中国版本图书馆 CIP 数据核字（2022）第 046142 号

责任编辑　刘　稚　　向心愿
装帧设计　李思安　刘　静
责任校对　杨益民
责任印制　苏文强

出版发行　人民文学出版社
社　　址　北京市朝内大街 166 号
邮政编码　100705

印　　刷　北京盛通印刷股份有限公司
经　　销　全国新华书店等

字　　数　123 千字
开　　本　850 毫米×1168 毫米　1/32
印　　张　6.75　插页 1
印　　数　1—10000
版　　次　2022 年 7 月北京第 1 版
印　　次　2022 年 7 月第 1 次印刷

书　　号　978-7-02-015172-1
定　　价　59.00 元

如有印装质量问题，请与本社图书销售中心调换。电话：010-65233595

目　录

宝藏地带

　　我住在北方的小城里，我们这个小城叫作"雪城"。一年当中有半年时间，我们住在冰天雪地的环境中。很久以前，城市的边上有一个很大的煤矿，那时的雪城还只是一个小镇。后来小镇发展起来了，盖了很多四五层的楼房，楼房里的居民几乎全部来自煤矿。从前的人们总是不怕冷的，因为我们有煤矿，所以每栋房屋里面都是暖烘烘的，房子里的人们只穿一件衬衫，窗户也是半开着。那时所有的人的感觉是：黑色的黄金取之不尽。坐在暖气开得很大的房里，喝着浓茶，看着外面大雪纷飞，小城民众的心里洋溢着满足感。然而就像生活中常发生的那样，转折突然到来——煤源一下子枯竭了，整个矿区停止了运转。第一年还好，矿区卖掉了一些设备和一些存量煤。到了第二年，苦日子就开始了，暖气的供给大幅削减，居民家中的暖气片摸上去只是微温。一些家庭里患病的老人只能终日守在

1

暖气片旁发抖，有的怀里揣一个小小的热水袋。严寒最厉害时，连脸盆里的水都结冰了。楼房里的那些窗户不但不能再打开，一些人家还用塑料薄膜将窗户封死。这种时候，就连最爱嬉戏的儿童也赖在被窝里不愿起床。没有了煤矿，雪城的人们的生活越来越艰难了。这些家庭只能从相邻的城市接些加工业务来维持生活。比如我，就每天去街道小工厂做书籍装订工作。我的侄女则在一个工厂里做拖鞋。

今年的大雪来得很早，要不是市政工人连夜奋战，恐怕连早上的公交车都开不出来了。那样的话，我们也就没法去上班了。我站在拥挤的公交车上，总听到人们在抱怨说："雪城的人命真苦啊，从前……"

到了下班时，我又得挤进公交车，在车里抓紧扶手。这时往往又听到有人在说一些模糊的事，似乎是在暗示城里有某个安乐窝，人们在巨大的火炉边喝着红酒，谈论一些不着边际的缥缈的事物。我竖起耳朵想听清事情的原委，这个人却又不再说下去了。莫非他在说他梦里发生的事？这样的情形总是在公交车上发生，每次都会令我心里痒痒的。下了公交车，走进冷冰冰的单身汉的家，某种沮丧的情绪便会袭来。我想，那些人为什么要反复地描绘另一种生活呢？

在走廊里点燃我的小煤炉需要非常熟练和一定的技巧。这事必须要做，因为我必须用它来做饭给自己吃。尽管技术和耐心都不错，因为该死的穿堂风，我还是被弄得一脸

2

墨黑。真倒霉。饭终于做好了，我端进房里来吃。

"卢小元！"住在隔壁的老唐进来了，"菜做得不错啊。"

他将一瓶辣酱放在桌上，大声吆喝着让我尝尝。我尝了一点，立刻辣得额头上出汗了。他笑起来，连声说：

"小鬼，小鬼，你得向老汉学习啊。"

笑过我之后，他忽然放下筷子，严肃地问我：

"那人到你家来过没有？"

"谁？！"我吓了一大跳。

"戴一顶黑呢子礼帽的家伙。他总是半夜来我们这里串门子，说要找一个同伴与他一道去做些调查。昨夜我不开门，他就老在外面敲。我还以为你听到了呢。"

"他要调查什么事？"我的好奇心被激起来了。

"哼，不知道。他说过，但我不耐烦听。像这种不务正业的人，感兴趣的事可多啦。何况是在雪城这种穷山恶水的地方……"

老唐想起了什么事，突然站起来回家去了。我听到他在走廊里拖着脚步走路，心里忽然出现了不祥的预兆。他说的那个人究竟是谁？是不是在巨大的火炉边上喝红酒的幸运者当中的一个？老唐好像知道他的底细啊。今天夜里我可得警醒一些，万一那人来敲我的门，我得想一想怎么应对。

我一边洗碗一边想，老唐说得没错，我们这里的确是穷山恶水。穷地方的人并不等于没有好奇心啊，他为什么对一位半夜来客要告诉他的事毫无兴趣？不过他比我大了这么多，经历的事肯定也很多，也许他一眼就看穿了那种人。他形容那人为"戴黑呢子礼帽的家伙"，黑呢子礼帽有什么寓意吗？

不知为什么，我突然想到，夜里来过的那人也许同废弃了的煤矿有关？多年里头被我们遗忘了的那个矿井，那个从前的聚宝盆，难道它会一声不响地待在原地，不发出任何抱怨吗？我越想越觉得这个幽灵般的男子也许是从那底下走出来的。他不是要搞调查吗？雪城有什么事情可调查的？它受到大自然施加的冷酷的煎熬，到处只看见为着生存的挣扎，几乎没有任何秘密，只有千篇一律的日常的场景。现在忽然就来了一个怪人，我当然不能将他与我们这里的日常生活联系起来。我想，他是，也只能是那在我们的遗忘中变得遥远了的处所里的幽灵。如果我今夜遇见了他，我一定要问他是从哪里来，他所常住的地方，房屋或地下室里是否有巨大的火炉冒着熊熊的火焰？周围的陈列柜里是否放满了红酒？还有，那些房屋或地下室，是否同从前的废井相通，人们喝了酒就随时可以走向那些黑漆漆的所在？

入夜了，我躺在床上没有熄灯，因为我觉得那人随时会来，不是连老唐都认为他会来敲我的门吗？想着这桩奇怪的事，听着屋檐上掉下的冰凌发出的响声，我用力裹紧了棉被，但身体还是一阵阵发冷。到下半夜我才在思绪纷纷中入睡了。刚一入睡却又听到了敲门声。我一蹦就起来了，趿着鞋奔去开门。

"晚上好。"却原来是老唐。

我心一沉，十分恼怒。

"把灯熄了吧。免得……"他在说。

他一眼看见开关，将灯熄了。

"你继续睡，我守着你。"他又说。

"你干吗守着我啊？"

因为他不回答，我就赌气爬上床，继续睡我的觉。我估计他在桌边的椅子上坐下来了，我才不在乎呢，他爱干什么就干什么吧。我这样想着就又入睡了。但我睡不安稳，有个人老在旁边对我说，大雪要压垮平顶房，得赶快起来。我烦了，用力挣扎着摆脱瞌睡，坐起来吼道：

"压垮就压垮，我才不管呢！"

但我往周围一看，并没看到老唐。这时我听到走廊上响起脚步声。是他，他又进来了，他身上冒着冷气，好像是从外面的冰天雪地里回来的。

他跺了一阵脚，又搓了一会儿手才开口：

"小卢啊，你今夜就不要睡了，同我去那边走一趟。这可是个好机会，如果不抓紧，会一辈子懊悔的。"

"老唐，那边是哪里啊？"

"还能是哪里，这些年里头你魂牵梦萦的处所嘛。你同我走就行了。"

他也不征求我的意见，自己掉头就往门外走。我连忙穿好靴子，抓了帽子就追上去。我和他来到了半夜的雪城。虽然脸被冻得有点痛，我还是激动不已。我从未想到在半夜的晴空下面，雪城看起来是如此陌生，就像到处都隐藏了巨大的秘密，到处都有巨大的机会似的。我心里觉得老唐是要带我去见那戴黑呢子礼帽的人，我的思维急速地转动，策划着见了那人要说些什么得体的话。啊，老唐走得太快了，他的能量怎么这么大？是因为常年吃辣酱吗？我跟在后面，一步一滑的，跌倒了好几次了。我担心自己的腿会被摔断，就惭愧地请求他放慢脚步。

"好吧，"他叹了口气，迷惑地说，"如今的年轻人怎么变得这样了？"

"我缺少锻炼。"

"嗯。"他站住了，指着前方的一大团黑影问我，"你看那像什么？"

"像矿区。"我说。

"我们去不去？有可能会死。"

"戴黑呢子帽的人在那里吗？"我问。

"你这小鬼，原来你全知道啊。"他哈哈一笑。

我好像获得了力量似的，挺起胸来往前冲，脚步居然顺畅了。寒冷还在加剧，我的身体几乎要冷得受不住了。当我跟随老唐进入阴影中时，灯光下的灰白色的城市就从我的眼中消失了。我成了瞎子，但我能听。四周有很多人在吵吵闹闹。

"你冷吗？"一个低沉的声音问我，还扯了扯我的衣角。

"我冷极了。我快要说不出话了。"我说。

我的嘴唇在肿起来，我听见老唐说他把我交给这个人了。接着老唐的脚步声就远去了，他一边走一边喊着口令："一、二、一！一、二、一！……"我旁边的这个人问我说："你现在好些了吗？"我没有回答，因为我说不出话了，我的嘴变得又厚又重。那个人在我旁边嘀咕道："你呀，你呀……"他仿佛在责备我怎么这么怕冷？他就是那位戴黑呢子帽的人吗？

现在我全身已冻僵了，只有思想还在继续。当他那只冰冷的手探到我脸颊上时，我猛地说出了一句话：

"老唐说我可能会死！"

我的声音很含糊，但他一下子就听懂了。他回应我道：

"你不要过于焦虑。这里是矿区，城市的宝藏地带。"

"宝藏？同我有什么关系？"我又说了一句话。

"怎么没关系？你是来这里找乐子的。"他说。

我在心里想，说我是来找乐子的，可我为什么一动都不能动，像末日来临似的？不过我尽管用力，却说不出来了。也许我在慢慢地死去？啊，我太难受了。我在雪城长大，雪城却要将我冻死，多么可悲啊。但这个人不放过我，他抓住我已经麻木的手臂，拖着我往一个方向走。我像木偶一样任他摆弄。

"好了。"他说。

我躺在地上，过了一会儿，我感到自己慢慢地暖和过来了。

"你的心脏很好。"他在我上面说。

现在我看见了熊熊燃烧的火炉，一共有两个。我得救了。

"老——唐！"我说出了声。我看见了那人，戴着黑呢子帽。

"我在这里。"那人说。他朝我转过脸来。

原来真是老唐！这是怎么回事？火炉边只有我们两个人，可是我听到远处有喧闹声。我的一边身体依然麻木，可能是冻坏了。我拖着脚步一拐一拐地接近老唐。老唐伸出手臂挽住我，免得我跌倒。他将我扶到一张椅子上，让我坐下了。借着炉火的光亮，我看见他脸上的表情有些狰狞。

"喝毒酒吗？"他问，"喝了会很舒畅。"

"毒酒？"

"给你。"

他递给我高脚酒杯。我看见他将自己的那杯一饮而尽。

"这里是矿区，你还犹豫什么？你没感觉到自由的氛围吗？"

"当然。"我踌躇地说，"这里真温暖啊。就像从前我父母那个年代……"

我说着话，居然站立不稳，将酒杯摔破了。

"卢小元，"老唐厉声说，"我看你一点都不喜欢这里。"

"不对，老唐，我非常喜欢这里——这种温暖，还有酒，还有周围的人们。我听到那些人在相互劝酒……这是什么酒？真香！"

"毒酒。"他冷冷地说，"你已经失去机会了。这里没有第二只酒杯。"

老唐说他要去井下巡视一下，担心有人会偷设备。

他走了好一会，我还在想，那真是一杯毒酒吗？但他不是好好的吗？我仔细地辨认，终于认出这里是一间大房子。我又顺着墙摸过去，摸到了那些酒柜，似乎里面摆满了各种牌子的名酒。老唐的意思是，要自由就得喝毒酒。可我并不想要自由，我只想待在这个地方。这里大概是我父母他们的理想之地，我是他们的儿子。我将酒瓶一一拿出来看，又一一放回去。我发觉自己越来越想喝了。不，我不能喝！我猛地一下将酒柜关上。这时有人敲门了。我扶着墙去开门。是一个小男孩。

"你找谁，小弟弟？"

"这里是我的家。"他看都不看我。

他冲过来，打开酒柜抓了一瓶酒，熟练地开了瓶盖，猛喝了几口。

他转过脸来冲我严肃地说：

"你不能喝我们家的酒。你还要在这里待多久？"

"我在等我的朋友。你们这里真好啊。"我由衷地赞叹。

"这里还可以。不过这只是表面的。"他像大人一样说话。

我看着满柜的酒，咽着唾沫。可是我怎能向一个小孩要酒喝呢？这时他突然转过身，拿出一瓶"五粮液"，旋开塞子，递到我面前，说：

"这叫'三步倒'。你喝了它，走不出这间房。"

"那么你呢？刚才你喝的也是这种吗？"

"对啊。我从三岁就开始喝，我是受过训练的。"他傲慢地说。

由于饥渴，也由于先前的严寒造成的伤痛，我已经抵挡不了诱惑了。我一仰脖子猛喝了两大口。啊，什么样的通体痛快啊！我走了几步，回到那张椅子坐下来。他冲过来夺走了我的酒瓶，放回柜里。奇怪，我并没有倒地，反而头脑变得出奇地清晰，思维反常地活跃了。我的视力穿透墙壁，一眼看见了老唐。老唐站在一团黑影中，正在同一位中年男子争执。那人举起一把刀砍向他，他捂住了肚子。

"啊！"我惊呼道，站了起来。我想跑到老唐那边去。

"你想干什么？"小男孩大喊一声。

他揪住我的衣襟，他的力气真大！

"我要去救我的朋友。你放手吧！"

"你现在出不去，上面已经封井了。"他说。

封井了？这里是矿井吗？我慌乱地想。

"不是矿井你怎么看得见你的朋友？"他又说，他居然看见了我的思想。

"那怎么办？"我像对他，又像对自己说。

他冷笑起来，令我毛骨悚然的笑声！莫非他是化身为小孩的魔鬼？

"你没猜错。"他又看见了我的思想，"我的家里，一般人来了就别想出去了。你刚才不是说这里很好吗？现在又变卦了？"

"你能告诉我是谁砍伤了我的朋友吗？"我泄气地问。

"你是说老唐啊，他是被你父母砍伤的。"

"我的父母？他俩一块死于瓦斯爆炸。"

"那不过是传说罢了。他们现在生活得很好，守卫着家园。我这里是矿井的入口，你也看到了，我们多么富裕。但是同宝藏区比起来，我们就差远了。老唐是个滑头，总想去那边弄些东西出来，人家怎么会同意？那是他们豁出性命挖出的宝贝啊！我看出来你也有同老唐一样的想法，你趁早死了这条心吧。"

他背着手在屋里走来走去。我想起一件事，就问他，他是怎么把自己保养得这么好的。"就像一个男孩一样。"我说。

"这是因为我有一颗男孩的心。"他严肃地回答我。

接着他就打开酒柜，拿出一把匕首，说要划开自己的胸膛，让我看看那颗心。

我吓坏了，连声说不用不用，我已经看见了他的心。

"真的吗？"他看着我的眼睛说，"你瞧，你这么快就变成矿区的人了。"

"我们是随时可以掏出自己的心来的。"他又补充了一句。

我坐在火炉边的椅子上，感到先前的伤痛正在消失。我盯着酒柜，还想喝那里面的酒。我喝了五粮液，我看见那里面还有竹叶青，那也是我最爱喝的。哪怕让我喝一口也是好的啊！从前我的父母为这个城市做出了牺牲，尽管这个城市并没繁荣，而是败落了，但这并不是他们的错。现在我来到了他们的葬身之地，这些美酒是不是他们给我留下的？

"哈哈！"他停下脚步笑起来，"你喝吧，喝吧，喝醉为止。"

"我只要再喝两口竹叶青就可以了。"我谦卑地说。

他拿出竹叶青，旋开瓶塞递给了我。

我连喝了两大口。我感到自己已具有了矿区的视力。

穿过这堵墙，我看见我的父母同老唐三人并排坐在沙发上，老唐在比比画画地讲述什么事，两位老人瞪大了眼睛望着他。啊，妈妈！啊，爹爹！我知道这不是真的，但我还是激动不已。我有多少年没有见过他们了啊。

"要不要再喝一点？"他凑近我问。

"不，我要保持清醒。"

"保持清醒？你想在矿井里保持清醒？"他冷笑了一声。

他突然走向那张门，说是要马上离开一会儿，然后打开门就出去了。

我也想出去，但那橡木门又厚又重，就是砸也砸不开。算了，我还是坐下静候吧，这里有酒，又很温暖，要不是我的视力已变成了这样……我的视力变成什么样子了？天哪，现在什么都看得见——前面，后面，天花板上面，地底下，不论我的目光扫向何处，我都看到那些人们，像我的父母一样的人们。他们有的坐，有的站，有的在房里，有的在室外，还有的蹲在矿井里。我的父母和老唐还在老地方，他们似乎在为什么买卖讨价还价。坐在这暖烘烘的房里，还有美酒（毒酒？）伴随，我却失去安宁了。我今年三十岁了，在这之前，我心如止水，每天浑浑噩噩地活着，同雪城的每一个人一样地活着。现在这个转折太可怕了。我尝试闭上眼，但没有用，我还是可以透过眼皮看见他们。他们冷冷地向我的方向看过来，有的脸上有表情，有的没有，我感到了他们的威胁。我是个外人。我为摆脱伤痛喝了毒酒，现在我的视力变成这样了，这不是人的视力……有一名男子朝我慢慢地转过身来，我连忙转身不看他。

　　"卢小元！"老唐大叫一声冲进房内。

　　啊，我泪如雨下！

　　"我们走，我们走吧……"我哽咽着对老唐说道。

　　"走就走嘛，你干吗这么伤感？"老唐责怪地问我。

　　我跟在他后面走出房门，雪城立刻展现在眼前了。到处都是刺眼的雪，路被冻得硬邦邦的。奇怪，我一点都感觉不到寒冷了。是那酒的作用吗？我的脚步很有力，身上也不痛了。

"老唐，我父母同你说了些什么？"

"能说什么呢，还不是些矿井里的事？你不是都看见了吗？"

是的，我都看见了。那边那个宝藏地带属于老唐这样的刚硬之人，我属于雪城。雪城是我父母给我的遗留物，我怎能不属于它？

一辆公交车开过来，老唐一把拖过我将我推上车，然后他自己也上来了。

早班车人很少。坐在前排的三位年轻人在热烈地交谈，我侧耳倾听。啊，这些人，他们又在谈论房子里的巨大火炉，火炉边喝红酒的人们。莫非是我产生了幻听？不，不是幻听，他们说的每句话我都听清了。他们是上班族。

车窗外的朝阳居然是白色的，一点热量都没有。可我身体里却生出了抵御寒冷的热力。坐在我身旁的老唐像雕像一样纹丝不动。

我回到了我的家；老唐回到了他的家。

我特别困，大概那酒发挥作用了。我一直睡到天黑才醒，既不感觉到饿，也不感觉到冷——我体内有一团火在燃烧，精神无比振奋。我来到了外面。

外面很亮，到处白晃晃的。一些麻雀在我脚边跳来跳去，还朝我的脸上冲击。它们根本不怕人。我觉得这些小鸟要告诉我一件事，是什么事呢？

老唐在他家窗口那里叫我呢。我连忙跑过去。

"卢小元，你现在已经成为雪城的钢铁战士了。你的父母也对你很满意。你对昨夜的短途旅行有什么感想？"

"我希望近期重返矿井。我已经不是那个伤感的卢小元了。你能帮我吗，老唐？没有你帮忙，我是找不到矿井的大门的。"

"我不能帮你。"老唐砰的一声关上了窗。

老唐大概生我的气了。的确，我不应该找他帮忙，我应该自己去闯。

一只麻雀冲上来，用力啄了我的眼皮一下，生痛。我用手一摸，眼皮流血了。我是咎由自取。小鸟啊，我明白你的意思了。我很快就要启程了，何处没有故乡？我会在那些沟沟壑壑里寻觅，故乡会出现在眼前，但不再是那种封闭之地。我不是已经进入了门内吗？我现在还在门内，一切都开放了。

雪又落下来了，它们落在我火烫的脸上，令我无比舒适。

在远处，在城市的阴影中，宝藏地带里面传出嗫嗫低语。

兵 马 俑

　　我们都劝说煤姨不要将小超市开在大厦的地下三层。那种黑洞洞的矿井一般的地方，会给人太多的联想。确实，舒适的环境会让人产生购物的冲动。虽不能肯定地下三层那种地方就会没有顾客，但顾客一定会大大减少。阿辽姑娘甚至当面埋怨煤姨说："去那种处所买东西就像……就像去寻死！"

　　但是煤姨并不生气。她说话很慢，但我知道她的思路并不慢。

　　"人少的地方不一定那么不受欢迎吧？你们说呢？"

　　她似乎在征求我们的意见。但谁也回答不了她的问题。黑洞洞的地下三层，竟然会聚集许多购买物品的人，这种事想一想都不可能。不过也许因为我们都是平凡的人，想象力都有点弱吧。大院里所有的居民当中，煤姨应是最能做到让梦想成真的。她告诉我们说，她之所以选择在开元大厦地下三层来开小超市，是因为她没有本钱，而选择那里，租金只要象征性地交一点就行了。说到地下三层的黑暗，煤姨哈哈一笑。她认为优质的商品都是闪光的，怕什么黑暗？她还压低了声音喃喃地低语："那种细细的磷光，类似出土文物……在我年轻的时候，我就梦想当一名小店主。"

我们这些邻居慢慢地散开去。有人在嘀咕：煤姨干吗要告诉我们她的计划？开元大厦是个庞然大物，那里面聚集着各路英雄，他们都有着自己的看不见的生意。那里面还有个赌场。煤姨是想去为他们，这些黑社会的人们服务吗？我们当中有一名好事者问过她，当时她心不在焉地点了点头。这就是说，她已将自己的顾客锁定在这些人当中。弱不禁风的、已过中年的煤姨，要同特殊人群打交道了。这是什么样的奇怪的冲动？阿辽姑娘对我说，她为煤姨的生命安全担心。她认为煤姨对人的看法有些盲区，因为她从来就分不清谁是好人，谁是坏人。阿辽姑娘又补充了一句："我自己也是这样。"她显得有点难为情的样子。我暗想，我这位闺蜜是在赞赏煤姨吗？

小超市开张的前一天，我们都去帮煤姨搬货，用小推车一轮又一轮地往下面送。

"这就是在演习进地狱！"阿辽说。

在那里转得头晕的我也有同样的感觉。但我们都没打算提前离开。

货物大多是饮料，盒装小吃，高档零食，进口咖啡，各种奶制品和糖果之类。煤姨自称她的进货渠道十分可靠。

超市开在走廊的尽头，如果不是门口闪烁着霓虹灯，那里的确是地下室最黑暗的部分，很容易让人联想到凶杀。但此刻煤姨喜笑颜开地站在那里，指挥着货物的安放。

铺面的后面还有一个储藏室，当时还没来得及装灯具。我拖着货物进去时，一股旋转的阴风令我差点跪在了水泥地上。

"煤姨！煤……"我衰弱地在黑地里叫唤。

"啊，这里的地面有点不平。"她牵着我的手将我带到外面的灯光下。

"不是。是里面有个东西。"我说话时大概一脸惨白。

"什么东西？你这个小鬼，又在胡思乱想！"煤姨笑了。

煤姨说我还没适应地下室的空气，她让我先回去。她还说不要性急，刚来时全这样，慢慢地就好了。

我从地下室慢慢地爬上来，全身的衣服都被冷汗弄湿了。

煤姨的小超市已经经营了半个多月了。我没有去过店里，因为心有余悸啊。

阿辽告诉我说，她询问过煤姨了，煤姨说店里基本上没有什么顾客。但她不在乎，因为顾客总会有的。开元大厦这么大，人这么多，简直是个小王国，人们迟早会被她的别致的超市所吸引的，她只要守株待兔就可以了。

"煤姨是个铁女人。"阿辽说，"简，你告诉我，那天你在那仓库里，有什么人拖住你的腿吗？你还回忆得起来吗？"

"我回忆不起来了。那段记忆像一片空白。"我沮丧地回答。

"不要灰心，慢慢想，总能记起点什么。"阿辽说了句莫名其妙的话。

在家里一坐下来，我就会记起地下室的煤姨。她孤零零地坐在那店里，守着那些商品，会不会打瞌睡？如果突然有一个人从上面走下去，黑暗中响起的脚步声会不会很像幽灵？万一来人是一名强盗呢？唉，煤姨，我如果是你的话，早就被吓破了胆。不，我不会去看她，但我希望阿辽常去。

"简！简！我这里有煤姨给你的礼物！"宋妈在窗外叫我。

我连忙跑出去。啊，是一尊小小的兵马俑铜像，我朝思暮想的东西！煤姨居然收藏了这样的东西。她又是怎么知道我喜欢它的？我闻着兵马俑那奇特的气味，眼泪涌了出来。我决定去看望煤姨了。不，阿辽不同我去，我一个人去。

我从大厦地下室的入口往下走时，就听见自己的脚步声变得阴森了。我在心里叨念着："煤姨啊，我来了。"

终于到了地下三层，尽头处就是小超市，灯光闪亮着。似乎一个顾客也没有。

啊，煤姨伏在收银台上，好像晕过去了。我轻轻地摇她的肩膀。

"煤姨！煤姨……我是简！"

过了一会儿她才清醒。她茫然地望着我。

"简，我是不是正在变成兵马俑？真幸福啊。"她说。

"到了夜里，楼里的顾客就来了。"她又说。

"他们人数多吗？"我问。

"闹哄哄的，一拨又一拨，到后半夜货架就空了。现在我每天进货。"

我听了心里很高兴，因为煤姨的生意终于兴旺起来了。她整夜忙碌，所以她刚才在收银台上睡着了。我坐在椅子上同煤姨说话时，忍不住往后面敞开门的那仓库瞥了一眼。那里仍是黑洞洞的，但有动物在里面发出压抑的咆哮声。难道是一条狗？

我感谢煤姨给我的珍贵礼物，我说我要将那兵马俑一直收藏下去。

"我知道你爱这个，这是一种好品质。"

她也将目光转向了后面的仓库，脸上出现迷惑的表情。

我问她是否养了一条狗用来看店？她摇摇头，说这里不允许养任何动物。

"看来煤姨同这里的人们相处得很和谐。您的眼光真厉害，您具有商业头脑。"

"人们？"煤姨瞪了我一眼，说，"简，你指的是谁？"

"开元大厦里面的这些工作人员啊。他们难道不是您的顾客吗？"

"不，我并不知道他们是谁。他们来了又去了，每一拨人的面孔都很相似。我喜欢这些顾客。不完全是为了做生意。我觉得他们给我带来满足，让我变好。"

"煤姨，您说得真好！您同他们之间有接头的暗号吗？"我问。

"暗号？有的。我记起来了，他们下来之前跺三下脚。可是一拨又一拨地来，我就顾不上去倾听了。我觉得有些人是从远方来的……"

煤姨的话让我吃惊，我想起了她送我的礼物。现在我有点明白这件礼物的含义了。不过也许我的猜测是错误的。大院里没人能看透煤姨那颗深邃的心，我当然也不能。不管怎样，煤姨获得了她想要的生活，我在心里祝福她。我们的夜晚都是昏沉的，大院里刮着乱风，有时竟会将花盆吹倒，野狗有时也闯进来汪汪乱叫。可是在煤姨的小超市里，灯光明亮，优质商品的品牌标志在货架上闪闪发亮，一拨又一拨的顾客流连忘返。内心强悍的煤姨通过自己的努力进入了生活中的另一个层面。

"我觉得，来超市的顾客都不是一般的人。"我有点迟疑地说。

"但是我发现也有两个大院里的人来买东西了。我不说他们的名字。"她说道。

这消息让我有点沮丧，不知为什么。却原来大院里的邻居也来了，真是"人心隔肚皮"啊。那两位邻居是不是也同另外那些顾客的面孔相似？煤姨不肯告诉我。

这时我听见砰的一声响，那张门关上了。但煤姨无动于衷地坐着没动。难道仓库里躲着一个人？我记得煤姨并不是一位背景复杂的人。她三十多年都住在大院里，同外界没有任何来往。我们大院里的邻居间都相互知根知底。那么，是狗将门关上了吗？这会是一条什么样性格的狗？

我突然感到不安，于是起身告辞。

"简，你太敏感了。像我们这种生意，太敏感的人做不了。"

煤姨送我出来时突然说了这样一句话，她说完就回去了。

我有点厌弃自己。为什么我不能像兵马俑一样呢？我在没有灯光的楼梯上走，听见自己的脚步声更加阴森了。楼梯平台处有个东西迎面扑来，软软的，毛茸茸的，贴住我的面部，我感到窒息，便努力地惊呼："煤姨！煤姨！"我的声音很微弱。但那动物很快松开我逃走了。它的脚步声甚至比我的还要响。

走出地下室就看见了邻居宋妈。

"宋妈是去买东西吗？"我问她，一边指了指下面。

"不买。我只有夜里才去煤姨的超市。你觉得那兵马俑怎样？夜里发光吗？"

"兵马俑？它很好啊。我还没有在夜间观察过它呢。"

宋妈说她要去找人，就往开元大厦里面走去。啊，我想起来了，她是去煤姨超市的两人中的一个。难怪煤姨托她给我送来兵马俑。宋妈是锅炉工，干粗活的，却怀着细密复杂的心思。我这个做文职工作的白领反而成了大老粗。看来我在里面生活了三十多年的这个大院并不简单。我一贯认为大院的夜是昏沉混乱的，所以我从不起来看一看，而是一觉睡到天亮。我这种逃避的结果是我自己的无知。

一到家里我就将柜门打开，从里面的抽屉里拿出兵马俑。

仍是那种好闻的气味，它让我安静下来。这时有某种陌生的信心从我心里面生出来。对了，这个兵马俑就是煤姨啊。现在是白天，但那铜锈上也有细小的磷光在闪烁。煤姨啊，我轻声说道。

我打扫了院子，又将那些盆花摆好。大妈大爷们都赞赏地同我打招呼。我一个一个地看他们的脸——谁会是那另一个夜间去超市的？

"本来煤姨的小超市越办越有生气了，开元大厦里面的那些黑帮也去煤姨那里买饮料了。可谁料得到黑帮里面会起内讧呢？"阿辽红着脸愤怒地告诉我。

当我赶到超市里时，煤姨像上次一样伏在收银台上睡觉。她的脸肿得变了形。我轻轻地在周围走，帮她收拾被弄得乱糟糟的货架。突然，我发现货架上有一根被切断的手指头。我被吓得惊叫了一声。

"简，你来了，有什么好消息吗？"

煤姨的语气很镇定，她的眼睛在肿胀的眼皮下发出锥子一样的光。

"好消息就是，您送给我的兵马俑开始通体发光了。"我说。

"好呀好呀，早该这样了。你是一个好孩子。"

"那些人，他们为什么要攻击您？"

"他们攻击我？没有的事，你误会了。我脸上的伤是我自己撞的。我一兴奋起来就到处乱撞。他们是好孩子。简，我坐在这里时常想，如果我们俩一块爬上山去摘梨子，该有多么美！"

她说这句话时，那张脸因为疼痛而扭歪了。

我问煤姨有没有什么事要我帮忙做，她从衣袋里掏出一张药单，让我去麻街取三剂中药。她说有一位青年有自残倾向，需要服药。

"货架上的手指头是他的吗？"我低声问道。

"那只是个模型罢了，他的手指并没有断。麻街的郎中……"

她没有说下去，她的情绪陷入了某种深重的记忆里。

然后她抛下我，独自走到后面的仓库里，将门关上了。我听到动物咆哮的声音，我心里害怕，赶紧走出去了。到了楼梯那里，又得摸黑上去。我上去时，有个人正往下走，于是过了一会儿就擦身而过了。是一位老头的声音，说他是住在大院里的。但我怎么也猜不出他是谁，我也懒得再下去。后来我就到了街上。我得去麻街取中药。

麻街是一条又细又长的小街。我得走三四里油石路才到药店。

我走得满头大汗，终于到了。远远就看见店外的竹床上睡着一个人。那人看见我进了店，就连忙起来也进来了。

"是来取'断指散'的吗？"他问。

"煤姨叫我来取药。"我说。

"我问是不是取'断指散'。还有，你见过断指了吗？"他严肃地瞪着我问。

"我不明白……是的，我看见了手指，可是——"

"拿走！！"他大喝一声，将三剂中药扔过来。

我抓了中药连忙就跑，一直跑出了好远。不知为什么，我怀疑药店老板是一名屠夫，专门切断别人的手指，然后又帮人治疗。

当我拿了药跑回超市时，看见超市里有两个人。一个是煤姨，另一个是大院里的朱爷。亮堂堂的灯光之下，两人正紧紧地搂着对方站在货架前。

矮小的朱爷从煤姨的肩膀那里看见了我，对我笑了笑。

"简给你拿了中药来了。"朱爷说。

煤姨不放开他，他俩互相紧搂着坐在同一张椅子上，朱爷就坐在煤姨的膝头上。两人都看着我。

"其实啊，"煤姨说，"那断指是我自己的，但又并没真断。"

"煤姨，您和朱爷相爱有多久了？我以前怎么没看出来？"我大声说。

"我们相爱三十年了。只是大院里那种地方不适合恋爱。"煤姨说。

"原来是这样。所以您就到这里来开超市了，是吧？"

"小姑娘，不要追得这样紧。没有人的时候，这里就是战场。"

煤姨说这话时紧盯着朱爷，朱爷也盯着她。我觉得我该走了。

上楼梯的时候，我有点恶心，我眼前老是出现那几根假手指。为什么我那么积极地帮煤姨去取"断指散"呢？仅仅因为她送了我一尊兵马俑吗？我本可以找借口拒绝，但我没有。我急急忙忙地挤进了煤姨的世界。

我出了一身冷汗，终于爬上去了。走在街上，我的腿有点不听使唤。这是"断指散"所起的作用。我记起药店老板的手里好像捏着一把匕首的刃口，血在往下滴。煤姨圈子里的人，究竟是用什么材料做的？

啊，终于到家了。可大院里为什么这么寂静？

我开了房门，倒在床上，很快睡着了。

我是被一阵紧似一阵的金属的嗡嗡声弄醒的。那声音立刻让我想到兵马俑。糟了，有明火从大柜的柜门那里喷出来。

整整用了三桶水，我才将火扑灭。

柜子和柜里的衣服全毁了，但兵马俑完好无损。它静静地待在盒子里。我明白了：它自己是不会着火的。我打电话叫废品站的收购员来抬走衣柜。

他们来了，两男一女。看着还在冒烟的大柜里面，那中年女人说：

"气味倒是不难闻。"

气味的确很奇怪，像在房里点了很多香一样。他们抬柜子的时候柜子也没有散架。一会儿他们就将那烧焦了的一大堆东西运走了。房里空空的，我感到自己做了不可挽回的事。但我又不清楚我做的是什么事。唉。

阿辽告诉我说，煤姨其实是因为朱爷才搬去地下室的。以前她也不知道，后来见这个小老头一趟一趟地往那边跑，才突然醒悟过来了。

"阿辽，你认为煤姨的小超市会长久开下去吗？"

"当然会长久。不瞒你说，就连我也抵挡不了那种诱惑。"

"你是说你半夜里去那里了吗？"

"是啊，去了好几次了。我对自己说：'为什么不去？'"

"你是去找心上人，对吧？"

"对啊。我不能像你这样安心留在家里。你安心留在家里是因为煤姨送了兵马俑给你……想想这是多大的信任！而我，焦虑地惦记着那些黑帮。"

一连好多天，我都在夜里惊醒，因为那种金属的嗡嗡声太恐怖了，我担心自己在睡梦中被烧死。开了灯来检查兵马俑，又并没有发现什么异样。为了睡个安稳觉，我干脆将它从盒子里拿出来，放在我的枕头边。

可是放在枕头边也不放心，我总是在黑暗中伸手去摸它。有时我摸到的是冷冰冰的铜，有时摸到的则是烧红了的炭。摸到烧红了的炭时，我就发出杀猪般的惨叫。当我叫喊时，就有个人朝我弯下身来，轻声对我说："断指散，断指散啊。"我想，这个人是药店老板吗？他帮助过煤姨，现在又来帮助我了吗？

遭遇这种事之际，我很不愿意开灯。我的手指虽然像被刀割了一样痛，但我还是忍着，想将事情弄个水落石出。我知道这是属于黑暗的事，一旦开灯就全消失了。

早上，我发现夜里被我摸过的兵马俑变得更光滑了，一副欲言又止的表情。看着它，我就想起煤姨的夜间超市，我觉得那里面的氛围一定是奇妙无比的。不是就连独身主义者阿辽都想去那里寻找伴侣了吗？煤姨！煤姨！

我的手指被严重烧伤了——一连好几夜的酷刑！我决定去麻街。

外面是阴天，但我的全身像火一样发烧。我戴上草帽出门了。

药店的门面已经不见了。那里成了米店。我走进去询问那些人。

"秋老板的生意做不下去了。"中年妇女回答我说，"你往这里绕过去，绕到后面有一间小披屋，他的那些药柜都堆在里面。"

我走到披屋那里，发现披屋没门，那些药柜将小小的房子里面塞得满满的，进去的人只能侧身而入。秋老板就坐在窄窄的过道里。他脸色苍白，头发蓬乱。

浓烈的中药味熏得我的头很晕。

"这里很好，"他说，"实际上，空间小反而觉得更稳当。是煤姨叫你来的吗？"

"不是。是我自己的手指被烧伤了。"

他仔细看了看我的手，说："这正是煤姨要的效果。"

"那么，"我突然想起来问他，"你是煤姨的相好吗？"

他在配药，他没有回答我的问题。那药里面有些奇奇怪怪的东西，好像是小动物。后来他将药一一包好，捆在一起。一共有五服。

"记住，不要消耗太大。保存实力最重要。"他做出一个古怪的笑容，"煤姨送人的礼物都是要人命的，不要上她的当。"

我本来还想同他谈谈兵马俑，可是他转过身去铺床了——一张比长板凳宽不了多少的行军床。

出来后我心里想，也许秋老板真的生活得很惬意。煤姨的相好都很乐观。

这些药的药效很好，我刚服下一剂立刻止住了痛。

当五服药服完之际，手上的伤就结痂了。真没想到。

我越思忖越觉得秋老板是煤姨从前的相好，他应该是对煤姨的伤痛感同身受的那个人。也许那披屋里堆放的全都是止痛药？

手上的伤好了之后，兵马俑就再也没有给我带来新的伤痛了。我又买了新的大柜，我还是将兵马俑锁在大柜里层。它变得安静了，不再嗡嗡地发声。到了深夜，我就和它在沉默中交流。

我听说阿辽卷入了疯狂的爱情的漩涡。现在她已经不回大院来住了，人们说她同黑帮头子同居了。阿辽，这个从前的独身主义者！她的事应该同煤姨有关，可能是煤姨撮合了这两个人。现在，我将半夜的超市想象成了冒险家的乐园，那里人来人往，拥挤着一些身份不明的人。奇怪的是，虽然我不时得到关于煤姨的消息，也知道她的生意越做越好，但我并不打算半夜去她那里猎奇。我近期的确去过一次，是在白天去的。停留了不到半小时。

我进超市时，煤姨正在打扫货架。她一丝不苟地工作，没注意到有人进来。

"煤姨好！我想念您，就来看您了。"

"原来是简！我也想念你。你变得这么沉稳，我真高兴。"

我们坐下来喝奶茶，吃多味花生米。煤姨说，最近她的生活已经"达到了幸福的巅峰"。她又问我找到幸福没有。

"找到了，煤姨。还有什么生活比得上拥有兵马俑的生活呢？"我冲口而出。

煤姨听了我的话就用力鼓掌，感动得眼泪都流出来了。正在这时后面的仓库的门吱呀一声打开了。朱爷从里面跳出来，他穿着内衣，见了我很不好意思。

倒是煤姨毫不慌乱，笑眯眯地看着朱爷。接着朱爷又躲回库房，关上了门。

"他总是害羞。他是一位心地单纯的人。这么多年都已经过去了。"煤姨看着那扇门说道。

我站起来告辞。

"简，你就要走？你每次来都是匆匆忙忙的，我们都没好好地聊一聊。"

"不用聊了，煤姨。您不是时时刻刻在我身边吗？"

走到楼梯那里，我连忙擦掉泪水。我如此激动，当然是因为对煤姨的爱。煤姨是一团火，我们这些人都围绕着她取暖，我们各得其所……比如冷美人阿辽，先前的独身主义者，在煤姨的引诱下突然就投入到一种火热的生活里去了。

我扶着扶梯往上走时，有个人抓住了我的手。

"您好些了吗，简？我到处找您找不到，估计您是来这儿了。"

原来是秋老板！可我看不见他，只能听到他的声音。

"我完全好了，谢谢您。您在哪里说话？我知道您握着我的手，可我弄不清您是否在我身边。多么好啊，我们在煤姨这里相遇。"

"我当然在您身边，"他责备地说，"我是专门来找您的。要验证我的药的药效。"

我们牵着手一道上了楼。

秋老板显得容光焕发，特别年轻。我把我对他的印象告诉了他，他咧开嘴笑了。他说这是因为他搬到那间披屋里后，整个心灵与身体都完全展开了。现在他只接受我这样的高层次的病人了。而在以前，门面开在街上时，许许多多"不相干"的人都到店里来抓药，浪费他很多时间。

"您有很多高层次病人吗？"我好奇地问。

"不多，一共五个。除了您和煤姨，还有两位住在城南，一位住在城东。让我瞧瞧您的手——哈，太完美了！您的指头上有地图，您可要细细地分辨。"

他向我告别，说还要去城东看望他的病人。

我回忆起刚才在楼梯上的事：为什么秋老板到了那里身体就消失了？会不会是煤姨的魔力所致？现在我目送他上公交车，他身手矫健。他说我成了他的高层次的病人，我听了的确有点自豪。可这是不是说，我今后还会有更大的磨难，而他那里还有更神奇的药方？这位秋，他和煤姨，谁的层次更高？他俩谁先发现谁？我越想脑海里越乱，干脆不想了。

从煤姨那里回来之后，我的内心变得宁静了很多。奇怪的是只马俑也变得稳重了。在夜间，它静静地待在新买的大柜里，再也没有弄出响声。有一夜，我因为好奇就打开柜子用手电去照它，我想给它来个出其不意。我揭开盒子的盖将它拿出，居然发现它身上湿漉漉的，它的眼里还在渗出水滴。难道它在哭泣？

我连忙将它用手巾包着，放在我的枕头边。唉，就连这埋在地下千年的兵马俑，如今也不甘寂寞。我得好好地对待它。

秋老板说我手指上有地图，我仔细察看过了，并没留下疤痕，只是灼伤过的皮肤颜色稍微深一点。秋老板在告诉我一件什么事？我注意到我们的大院夜间已经不再昏沉，所有的物件，花盆啦，自行车啦，晒衣杆啦等等，全都在清亮的月光里各就各位，并且很长时间我们这里都没刮过乱风了。在这样的夜晚我就会想起亲爱的阿辽，我的美人。阿辽，为什么你不回来看看？

阿辽终于回来看望我了。她红光满面，生气勃勃，比任何时候都美。她说煤姨给了她第二次生命，是她的人生导师。她的话全是些老生常谈，可我听起来还是感动不已。

我突然想起来将兵马俑拿给她瞧一瞧。

她一看到它就吓坏了，接连往后退了几步，语无伦次地说：

"它……它！它是我命里的煞星啊！它烧掉、烧掉了我们的爱巢！"

这是怎么回事？阿辽产生幻觉了吗？啊，她竟然要冲过来夺走它！我连忙用身体护住它，慌乱地说："阿辽，阿辽，你冷静一下！这是煤姨送给我的！"

她气冲冲地一跺脚，头也不回地走掉了。

镜子里的我一脸惨白，像做了可怕的噩梦一样。她来了，马上又走了。在刮风的夜里，她会记起我吗？我一低头，看见地上有个亮闪闪的东西，是一艘古代的战船。也是铜制品，是阿辽有意落下的。她精心擦拭过，船上的帆是用特殊的绸缎制作的，就是这些帆在发光。我若有所思地将战船放在兵马俑的旁边。有很多往事涌上心头。透过这战船，我似乎看到了阿辽的前途。她是一位决不同生活妥协的姑娘。为了表示自己独立的决心，她在十五岁那年就从家里出走，在防空洞里面住了两年。那时我们大院里的人都不认识她，不过城里的人们都知道有这么一回事。后来她找到了工作，出落成了一位美女，不久便搬到我们大院来了。瞧这战船，同我的兵马俑好像是相匹配的。我觉得它们已经开始对话了。战船应该也是煤姨的收藏品。阿辽将她的宝物送到我这里来，可能是已经打定了主意去做某件大事吧。她是个奋不顾身的姑娘。在开元大厦的一间房的窗外，有人看见阿辽双手扳着窗台，整个身体悬在楼外。从这一个画面就可以推测出她那紧张得要爆炸的生活。

我戴上帽子向外走，我要去秋那里拿点中药回来备着，以防万一。

啊，他的披屋变样了。大雨过后，有几处屋顶天花板塌下来了，他用塑料布遮挡着。

他给了我药，又转身从抽屉里拿出一个大包，对我说：

"这一包是阿辽的，您带回去吧。如果哪一天她来取药了，那就是好戏唱完了，姑娘要回大院了。"

我感激地收下了这些药。这位体贴的大叔，是我们的保护神。

我一路上都在念叨："煤姨煤姨，您拥有一个多么完美的生命圈啊。"

菜市场里的老人与猫

麻爹在菜市场里经营这个小小摊位已经有十多年了。他卖葱、姜、蒜、香菜，总是这四样，他有固定的进货渠道。大蒜只卖蒜球，不卖蒜薹和蒜苗。因为价钱公道，麻爹的生意一直不错。麻爹有一只六岁的虎纹猫，他给他的猫取名叫小麻。麻爹守摊位的时候，小麻就在摊位周围走来走去——它认得麻爹的摊位，它也在认真地工作。很多顾客都认识小麻，他们中的某个人有时会赏它一条干鱼，作为对它的辛劳的奖励。

没人知道麻爹的真实年龄，他自己也记不确实。不过他一定是很老了吧，也许八十多，也许快八十岁了。但他把小麻的生日记得很清楚，每年都要为它庆生。庆生的内容有香喷喷的烤鱼，还有绒线球。小麻是公猫，每年它都要失踪一到两次，然后又若无其事地回到了麻爹的家里。麻爹的家是纺织厂宿舍楼的一个套间。好多年以前麻爹是纺织厂的一名机修工，后来纺织厂倒闭了。纺织厂倒闭时麻爹刚好快到退休年龄了，于是他成了自食其力的做小买卖的。

麻爹性情温和，遇事看得开，这也是他的买卖做得顺利的原因之一。其实同在纺织厂做机修工相比，他更喜欢他现在的工作，因为这个工作是直接同人接触的。来买他的菜的顾客大多是熟人了，都住在E城离菜市场不太远的地方，而麻爹的摊位二十多年来都在原处——进菜场门左手边七八米的地方。他叫得出很多顾客的姓：王姨啦、邱嫂啦，古妹啦，曾老弟啦，谢同学啦等等。时常，当麻爹熄了灯躺在床上时，这些顾客的身影就会在他脑海里轮番出现，他也会同他们打招呼："你来了，今天来点姜和蒜？""来点香菜包馄饨？""拿把葱去做葱油饼？"等等。顾客们的表情也各不相同，有的笑口常开，有的不苟言笑，有的神情松懈，有的一双贼眼滴溜溜乱转……麻爹喜欢这些人的神情各异的表情，总在细细琢磨每个人的性情，这给他的生活带来莫大的乐趣。在黑暗中，麻爹就会同这些人对话，设想出一些有意思的场景，一些微妙的沟通。有的时候，他竟会发出由衷的大笑。他的笑声把正在休息的小麻吓一跳，使得小麻发出抗议的叫声，还围着小套间转了三圈，仔细视察一番，这才回自己窝里去继续睡觉。但麻爹笑过之后，内心久久不能平静。麻爹是真心在乎他的顾客们的，虽然他同他们的交往只限于菜市场里短暂的接触与谈话，可是年复一年地重复同样的场景，麻爹早已将他们看作自己的亲戚朋友了。顾客中有一位当年从纺织厂出来的麦大娘同他很熟，麻爹甚至不止一次地设想过，如果当年自己同她组织了家庭，生儿育女，现在又会是什么情景？当然麦大娘后来嫁了麻爹的同事，他们的儿女如今年纪也不小了。而麻爹，至今仍是孑然一身，看来只好由邻居送他孤孤单单地去火葬场了。对于自己如今的处境，麻爹一点都不后悔。可以说他对自己的生活很满意：他不是过上了自己喜欢的小日子吗？他不是有这么多顾客，而且每天给他们带来方便吗？这些顾客不是都对他评价很好，对他的货物很放心吗？最最重要的是，他每天都能见到他愿意见到的人们，同他们在随和的、相互关心的氛围中谈话。并不是每个人都能有这种机会。从前在纺织厂做机修工时，他每天也能见到很多女工和男同事，可是在机器的轰鸣声中，或在大食堂的喧哗声中，人的大脑和身体都是麻木的。那种氛围根本就不对头，麻爹在那种氛围里完全失去了对周围人们的感知能力，这也是他从未结婚的原因之一。到菜市场来卖菜是麻爹一生中的转折点，虽然已经有点晚了，但麻爹兴高采烈地接受了这个工作，而且越干越有劲头。他在菜场摆摊的这么多年头里，那些菜贩们换了一茬又一茬，只有麻爹自己像生出了老根一样一动不动地扎在原地。说到他的进货渠道，那也是他用心操作的结果。他挑选的是可靠的批发商，他们也成了麻爹的朋友。麻爹常请那几位来家里喝酒，二十多年过去，当年的小伙子已成了中年人，但他们同麻爹的关系如旧。麻爹的摊位是用洗得干干净净的厚木板拼成的，看上去就感到清爽，可靠。而旁边很多同行的摊位都是脏兮兮的，有的在雨天里还溢出朽木的臭味。所以麻爹的摊位像他这个人一样有格调，他的老顾客们，还有小麻，都对这一点心领神会。

E城的人们很少上餐馆吃饭，因为太贵。除了家中来了贵客，他们每餐都是自己做。做菜做面食都少不了配料，老顾客们几乎每天要同麻爹见面唠叨几句家常。

"今天太阳好啊，麻爹。好晒被子。"

"是啊，我早上出门前已经将被子晒上了。"

"麻爹，小麻今天吃小干鱼了吗？"

"还没呢。早上吃的鱼汤泡饭。"

"我明天带小干鱼来。"

"多谢。你破费了啊。"

这一类的家常话一年四季重复着。在麻爹听来，这是最美妙的话语。如果不是十年如一日地在市场守摊位，他不可能每天听到。他热爱这个菜市场，待在市场里心里就很稳妥。所以他连中午也不回家，就在摊位上用电炉子热饭吃。小麻当然也不愿回家，它认为中午是它的休息时间，吃完鱼拌饭它就在菜场内漫步，将每个摊位视察一番。

瞧，时间过得飞快，又到收摊的时候了。麻爹将没卖完的蒜球或生姜放进编织袋，又将餐具、雨伞等放进另一个编织袋,将摊位抹干净,准备回家了。麻爹做扫尾工作时,小麻就在旁边观望。它虽帮不了忙,但它眼力好,麻爹不小心在摊位下落下了一个蒜球或一株香菜,它就会凄厉地叫起来,仿佛自己受了伤一般。菜贩们看见了这场景,都会啧啧地表示赞赏,说他们从未见过如此尽职尽责的猫儿。

由于麻爹每天夜里都要同他的顾客们长时间地对话,他对这些顾客中的每一位的熟悉度远超顾客们对他的熟悉度。只要闭上眼,他们每个人的音容笑貌就会在他脑海中复活,甚至比亲眼看到还要活灵活现。就因为他的这种爱好,近期他不由自主地卷入了一桩事件。对方是那位来菜摊时眼珠贼溜溜转的年轻人,大家都知道他是一名老贼,来了便要偷菜,时常被人殴打。他姓翟,麻爹称他为小翟。每次他转悠到麻爹的摊位时,麻爹就故意装作打瞌睡,让他偷走一些葱蒜之类。虽然在白天里,麻爹同小翟的沟通不算多,也就限于问问他的老父亲的情况和他本人找工作的进展,可是到了夜里,小翟算是麻爹与之谈话最多的一位顾客了。大概因为他多次见证了小翟被打得头破血流的场面吧。

"小翟,香菜也拿些去吧,你爹爹爱吃。"
"麻爹,您心肠真好。我也爱吃大蒜球。"
"那就再拿些蒜球。"

这就是麻爹构想的对话的场景。小翟拿了蒜球之后就大摇大摆地离开。麻爹想象中的大摇大摆的背影正是现实中常发生的，因为小翟喜欢向其他菜贩炫耀他在麻爹这里的待遇。麻爹对无业青年小翟的关注很难说清是一种什么样的感情，也许是一种爱吧，麻爹想不清。但小翟却不爱麻爹，除了拿走他的菜，他从来也不想起这个老头。

事情是这样发生的：有一位新来的中年菜贩目睹小翟拿走了麻爹的一大把香菜，于是路见不平，拔刀相助，将小翟揍得在地上打滚，直到被麻爹制止。小翟是个多疑的人，他认为这事一定是麻爹在暗害他，因为中年菜贩与他无冤无仇。小翟回到家中，一边痛哭一边向老父控诉麻爹。这位老翟，从来不知道儿子的偷盗行为，他认定小翟是被人欺侮了。父子俩越想越咽不下这口气，于是决定一块去菜市场报仇雪恨。

他们是中午到达菜市场的，一人手握一根木棒。当时麻爹正闭着眼坐在摊位旁休息，小麻则正在各个摊位视察。这一老一少冲上去，用木棒对着麻爹一顿乱打，而且主要攻击他的头部。麻爹没多久就晕过去了。麻爹一倒下去，那两人立刻溜掉了。当时菜市场里只有一名妇女，那妇女吓得说不出话来。后来也是她叫的救护车。

麻爹在医院里第二天才完全清醒过来。他首先惦记的是小麻，他想出院，因为没人给小麻做饭吃。医院却不准麻爹出院，说要观察。于是麻爹像热锅上的蚂蚁一样又待了一天。在那一天里，麻爹一直在闭着眼同小翟对话。他一想到小翟也许从此不会再光顾他的摊位，心中就会感到痛苦不堪。都这么多年过去了，他目睹小翟从一名精瘦的少年成了现在的成年人，他同他之间有过那么多的温情的交谈，那些交谈使他在多少个夜里克服了因孤独而致的失眠，现在这一切一下子就失去了，麻爹怎能不痛苦？

"小翟，我的伤不重，已经快好了。我马上回市场，就像什么都没发生过一样。"

"你这个老家伙，倒挺能自宽自解嘛。"

"小翟，我不是自宽自解，我是真心希望你继续来我的摊位拿菜。"

"……"

他在病房的窗户那里看见了小翟的有点驼背的身影。

他回到他的宿舍套房时，远远地就看见了躺在房门外的小麻的尸体。它的脑袋被砸烂了，眼珠鼓了出来。麻爹哭不出。

在房里坐了好久好久，他才有了力气去埋葬小麻。

麻爹用了一下午时间，在后院挖了一个深洞，将小麻用一块红缎子包住放进洞底。他在心里计划着要在坟上栽一棵杏树。

夜里他听到小麻在叫他，他同它一直对话到凌晨，然后昏昏睡去。

在家中待了两天后麻爹就请他的批发商朋友帮忙，在菜市场恢复了他的摊位。老顾客们发现，他的模样比以前憔悴、虚弱了很多。他们不约而同地在麻爹的摊位前比以前逗留得更久一些，没有人问起关于小麻的事。

　　"麻爹，我帮你报警吧？"

　　有好几个人试探着向他提议，但麻爹一律摆手拒绝了。

　　像他预料的那样，菜市场里再也见不到小翟的踪影了。麻爹的心里有点空空落落。从前小翟来这里时，到处鸡飞狗跳，到处是咒骂声，整个菜市场沸腾着活力……而现在，麻爹感到他的日常生活变得有些暗淡了。

　　麻爹费力地收了摊，提着他的编织袋一步一瘸地回家。他在心里对自己说："我已经老了。"凭他的积蓄，他完全可以不去菜市场了。可不去菜市场，那还叫生活吗？不去那里，他就见不到他的顾客们，那不是成了个十足的老废物吗？夜里不能同顾客们对话，他不就像躺在棺材里了吗？他这样自言自语时，忽然听到有人叫他。

　　"麻爹！麻爹！"是孟黑，这位生姜批发商边跑边喊。

　　"孟黑，你急着上哪里去啊？"

　　"上您老家里去！您瞧，我带了火腿和红酒。"

　　麻爹眉开眼笑地拍着孟黑的背，连声说："好小伙子，好小伙子……"

　　坐在饭桌边，一杯红酒下肚，麻爹的情绪好多了。他握着孟黑的手问他：

"小孟，根据你的观察，你认为像我这样的人，会不会越来越孤独？"

"怎么会呢？天无绝人之路啊。"

"你真这样想？"

"是啊。今天我来您老家中，是想告诉您，小翟是我的表弟呢。"

麻爹吃了一惊，好半天才回过神来。

"是真的吗？我怎么以前从未听你说过？"

"因为您老人家没有问我嘛。最近两天我的表弟上城南的天湖菜场偷菜去了。他还向他的同伙吹嘘，说他在原先的菜场里有位老爹朋友，他的菜随便他拿，想吃什么拿什么，他拿得越多老爹越高兴。"

孟黑一说完麻爹就哈哈大笑，笑得眼泪都出来了，而且他的精神也立刻振奋起来了，坐在那里腰杆挺得笔直。

"我爱这小子。"麻爹神情恍惚地说。

"其实他也爱您老，只是他自己完全不知道。"

他们默默地一人又喝了一杯。告别时，麻爹问孟黑什么时候再来喝酒，因为他要请他。孟黑回答说，他每星期至少都要来一次，来向麻爹汇报小翟的近况，他认为这是他的义务。谁叫他是小翟的表兄呢。

麻爹渐渐恢复了他的乐观的常态，他感觉到他的这些顾客们都希望他长寿。他在后院种下的良种杏树长势很好，不久就会结杏子了。麻爹坐在杏树下对着树干说：

　　"小麻，你回来了啊，回来好，所有的事都在向好的方向发展呢。"

　　杏树叶子在风中簌簌地响，麻爹擦去眼角的一滴泪。

蛤 蟆 村

　　我住的这一片属于城市贫民区，一大片低矮的房屋，房屋之间有窄窄的小道。家里面电灯是有的，但屋外没有路灯。到了夜里，这地方就显得鬼气森森。我是十年前搬来的，那时家中遭难，一位表叔将我带到这里，我便在一间小屋里住下来了。这一住就住了十年。白天里，我去城里用板车拖煤，这是表叔帮我找到的工作。到了傍晚我便回到小屋里，用蜂窝煤生火做饭。我的小屋是土砖屋，大概七八平方米大，据说原先是一名劳改释放人员住在里面，后来那人去世了，房子就空着。我表叔胆子真大，在没有办任何手续的情况下就让我住进来了，他还安慰我说，不会有人来查的，即算有人来查，也不必怕他们。但我有什么理由住别人的房子，又怎么能做到不怕，表叔却没告诉我。也许他认为那是我自己的事吧。于是我就住下了。房里有一张窄床，三把木椅，一张饭桌，还有一套炊具，都是那劳改释放人员留下来的。后来我又陆续添置了几样家具。我还挺喜欢这间没有窗户的小屋的，它独门独户，门一关就黑洞洞的，必须开灯。

我的工作是体力劳动，我也很喜欢，并且很快就适应了。这个工作的报酬还不错，多做少做都可以。因为报酬不错，大家都抢着做。我是单身汉，花不了多少钱，所以我就做一天歇一天。我很感激表叔帮我找到这个工作，他太懂得我的心思了。并且他还帮我找到了这间不用交房租，也没人管的住房！然而表叔将我安顿好之后就再不露面了。十年了，他一次也没来看我。他究竟是不是我的表叔？我只记得十年前的那个雨夜，他让我坐上带回笼头的板车，他在前面用力踩，将我拉到了这个地方。下车时他便自称是我的表叔了。唉，人世间，患难见真情啊。也许他是我老爹的朋友。

白天里我工作，我有同事，有几个同事与我的关系还挺好的，比如老武，小贺，小余。下雨天，或者我懒得去上班时，我就关上门，亮起灯，坐在我的饭桌边写回忆录。其实可回忆的事也不那么多，基本上是一些流水账，可我还是愿意将它们写下来给自己看。当然我自己也不热衷于读它们，我已经好久没读了，写过就忘记了，只是写的时候觉得有那么一些意思。

开始时，这个小区里面是很难遇见人的。我一直弄不清究竟是这里面住的人极少，还是白天里他们根本不出来活动。我只是偶尔看到有一两个人在我前面匆匆地走，当我想赶上去看个清楚时，他们就拐进房屋之间的细小过道里不见踪影了。上班时，我将这事告诉老武了。这发生在我刚住进来的那一年里。

"你住在蛤蟆村？"老武眯起眼像在回忆久远的往事，"那里的人们都这样。我记得他们都有痛苦的经历。你没有同他们来往，这一点做得很好。"

"金八倒不是不想同他们来往，他是找不到机会。"小余插嘴说。

后来我便对小区的这种情况习以为常了。我慢慢地弄清了，其实小区的每间房里都住了人，只有我这间原先空着。也许这些居民喜欢来去无踪，也许他们都有隐身的嗜好。对我来说这有一个好处，就是不会与任何人发生矛盾。也难怪我表叔要将我安排到这里来住。他是担心我重蹈父母的覆辙啊。十年里面这里发生过什么事吗？当然发生过，毕竟这里住了上万人啊。别看这些低矮的土屋不动声色，也别看油石小路上难觅人影，某些意想不到的内部的震动还常常摄人心魄呢。不过我是不会将我看到的怪事写进回忆录的。我尊重我的邻居们，并且我也感到我无论怎样努力，也做不到公正地记录发生在他们身上的事。我的回忆录只写我自己的情绪，又由于我始终追不上我的情绪，所以就只能记下一些流水账。我的记忆力是很差的，又因为生活单调，我心中的时间秩序便常常颠倒、变乱，事件有时变成了一锅杂烩。不过彻底忘记的情况还是很少的，因为我一直没有停止记录。那么，我就讲一讲我这十年里面发生的几件怪事吧。你们是我父母的同乡，你们这么远跑了来，一定是对我这里发生的事有某种兴趣吧。

我已经说过，我在我们这个名叫蛤蟆村的小区里很少遇见人，因为人们都躲在屋子里不出来。可是七月里的一天（我忘了是哪一年了），我忽然就遇到了一个人。这是一名黑脸少年，他的脸黑得像非洲人一样，可他又并不是非洲人。当时我正下班回家，他迎面朝我走来，我朝他点点头，正要开口说话。没想到他忽然一转身，撒腿便跑，跑到那条房屋通道里面去了。我回家之后一直在想，我们本地怎么会有皮肤那么黑的人？他为什么要迎面朝我走来？又为什么要躲起来？也许他是为了让我将他看个清清楚楚，并且记住同他的相遇吧。

吃过晚饭之后，我心里生起了一股不安的情绪，不过我不知道自己究竟担心什么。我坐下来记日记，写下了白天里拖煤时的一件小事，还有时令蔬菜的价格，廉价拖鞋式样的变化，在同事中听到的关于本地气候变化的原因等等。我没有写我遇见黑孩的事，因为我拿不准这是一件什么事，我还没有反应过来，不知道自己的情绪究竟是什么样的。

我坐在桌旁思来想去的，想起了我小时候的一个爱好。

那时我对石膏泥有种特殊的偏好，我总将它往脸上抹，抹了又去照镜子，我希望自己看起来像庙里那些慈祥的菩萨。我这个时候突然想起了这件事，可能是受了那黑孩的刺激吧。他往脸上抹了什么东西吗？没有，我看得十分清楚，他是天生皮肤黑。

第二天我本来打算休息，可是因为天气宜人，我又去上班了。

到了公司里，老武问我怎么看上去显得心事重重的样子，是不是生病了？

"没有。只是有一件事有点怪——我们那里住着一个皮肤像黑人一样的男孩。"我说。

"哈，这事我知道。他是银河男孩。"

"银河男孩？怎么回事？"

"他去过银河又回来了。这事蹊跷吧？"老武说着就要走开去。

"你等一等！你说清楚一下吧，怎么回事？"

"他以后会告诉你的。"老武挣脱了我，去那边拖他的车去了。

我拖着一板车的煤在马路上走时，免不了总在回顾昨天的事。被老武称为银河男孩的他，身上的皮肤是被天体烧成了现在这个样子吗？但为什么又没有疤痕呢？他脸上和脖子上的皮肤很平滑，甚至称得上漂亮，就像从非洲来的小孩。他迎着我走来，似乎要同我攀谈，可马上又跑掉了。如果他果真与我攀谈，他会说些什么？我并不相信老武的胡扯，那是不可能的事。但这黑孩确实是个异类，也许有非洲血统。那同银河有什么关系？

本来工作了一天，我应该累了，可那天夜里我的精神很亢奋，写完日记之后仍然一点睡意都没有。我忽然想到小区里去看看银河。我一打开门就看见了它。因为天气好，银河显得很壮观。那些星云啊，我几乎能分辨出它们的层次。我站在门口这条窄窄的油石路上，我周围全是黑糊糊的矮屋，矮屋里的人们全都一声不吭。然而在这些穷人的头顶上，竟有这样辉煌的银河，这是我以前从未注意到的。我觉得矮屋里的人对银河是有感觉的，他们为它震惊，也许还感到恐惧，所以他们就沉默了，闷在屋里不出来了。

在银河下面踱步，就好像要走进银河里面去一样，这是我在其他地方从未产生过的幻觉。星云的最深处，应该有最不可思议的物质吧。我想到这里时就到了油石小路的拐弯处。过了拐弯处，是一条稍宽的水泥路。水泥路上的第一家的人刚好打开门，往路上泼了一盆脏水。就着微弱的灯光，我认出那人正是黑孩。于是我叫一声"黑孩"。

他犹豫了一下，关上门，很快又打开了。

"您找我吗？"他有礼貌地问我。

"我能进屋里去吗？"

"随您便。"

他站到一旁，让我进屋。

进到屋里，我发现他的小屋同我的差不多大。我问他是不是一个人住在这里，他说是的。小小年纪就一个人单独住，不寂寞？还好还好，他说。他让我坐在他的硬木板床上，他自己坐在我对面的椅子上。我又问他，他在蛤蟆村住了多久了，他说记不清了。他告诉我他从很小的时候起就一直住在这里，那时有一位老奶奶每天来照顾他，做饭给他吃，他十三岁那年老奶奶就消失了，再也没出现过。于是他就去做了饭铺的伙计，一直干到今天。我又问他叫什么名字，他说不知道，让我随便叫。

"那么我还是叫你黑孩吧。我听人说你去过银河？"我说着就指了指上面。

"嗯，想去就去了。"他想了想说，"只要跑得快就可以去的。"

"你跑得很快吗？"

"对，我很小的时候常被我妈妈追打，那时练出来的。"

说着他就站起来，要带我去看他的跑道。他说他每次都是从他的跑道跑到银河的。

我们来到那条水泥路上。外面不显得很黑，因为有星光和月光。我们走了一段，黑孩突然停了下来倾听什么声音。我也跟着倾听，却什么也没听到。

"金八，您站在这里等我吧。"

他说了这一句就消失了。我吃了一惊：他是怎么知道我的名字的？莫非他早就知道有关我的一切？他是在我面前消失的，他好像是融进了地里，又好像是蹿到路旁房屋之间的过道里面去了。但两者我都不能肯定。

他让我等他。我等了好久，等得不耐烦了还没见到他的影子。我想，他不太可能钻入地底吧，应该还是到过道里去了。也许黑糊糊的过道就是他所说的跑道。这样一想，我就拐进了右边的过道里。平时我从未进过这些过道，我没想到这一条过道会这么狭窄，人在里面不要说跑，就连走步都是两边的臂膀擦着墙——这叫什么过道啊，不是用来害人的吗？不知走了多久，我才好不容易从那里面挤出来了。这时我发现我已经不在蛤蟆村了。但我也不在小区的外面。我周围这些密密麻麻的房屋看上去很陌生，但谁知道呢，也许它们就是我们的小区里的那些房子的背面？它们一栋挨着一栋，但又不是连排房屋，而是每两栋之间有一尺来宽的间隙，想要从间隙中挤过去会是很冒险的举动。再看脚下，这条油石路也比往常我走的油石路要窄多了，而且弯弯曲曲的。

"金八，您进来了吗？"

黑孩在什么地方说话，声音怪怪的。

"您是没法跑过去的。"他又说，还叹了一口气。

我试着抬腿跑了几步，可我根本拐不过弯来，我跌倒了。啊，这哪里是路，简直是跨栏比赛嘛，太诡异了。得了，我不能跑了，我就慢慢走吧。

周围一个人都没有，这也可以理解，毕竟很晚了。这些房子的后墙上全都没有窗户，看上去就像没住人一样。我在这拐来拐去的弯弯小路上走着，口里喊着黑孩。我盼望他从他藏身的地方出来，和我一块谈论银河。我猛一抬头，看见天空已经下垂了，银河也不再那么高远，似乎在向我逼近，有几颗星亮得扎眼。我很害怕，就往旁边退，退到了房屋的屋檐下面，将我的脸抵着那堵墙。我感到自己背后热烘烘的，是某个星球靠近我了吗？墙的那边有人讲话。

　　"他其实同我们是一伙的，可是他不知道。可能是因为年龄还没到吧。从前我也同他一样，以为自己在蛤蟆村是独居者。直到那件事发生……"男人说。

　　女人的声音很尖细，时断时续，她似乎是赞同男子，又似乎有不同的见解。

　　就在这时有一件事发生了。我感觉到这堵墙在移动，它好像长出了脚一样，带着我往右边移。啊，我看到了缺口！房子与房子之间的通道显出来了。我摸索着走过去，发现通道已经变得相当宽了，我随随便便就可以在里面活动。

　　这里面黑糊糊的，我还是穿过去吧，今晚的胡闹也应该结束了。

　　好，我又回到了小区的那条路上。抬头看银河，同以往没什么不同，仍是那么遥远，还有点冷漠，一点也不咄咄逼人了。黑孩说得对，我是没法跑过去的。

　　第二天我没去上班。我买了白面和韭菜，在家里炸春卷吃。我心里有种预感，觉得黑孩今天会来我家里。我炸了一盘春卷，坐下来好好地享受。

我刚吃完春卷就有人敲门了。不过不是黑孩，是一位老阿姨。

"稀客稀客，您请坐。"我拖过椅子。

但她不坐，她似乎偏要站在屋当中。她正仔细打量我的房子内部，令我很不自在。

过了好一会，她才慢悠悠地开口了。原来这个人也知道我的名字。

"金八。"她说，"据我感觉，你很会过日子嘛。我赞同你这种生活态度。"

"谢谢您，阿姨。"

"不要谢我，没什么好谢的。我知道你见过黑孩了，这不值得大惊小怪。黑孩是黑孩，你是你，我没说错吧？"

"没错，阿姨。我同他是两条道上的人。"

我的话音一落，她转身就走了。我看着她的背影，模模糊糊地记起这个人好像是住在东边的木板房里。

黑孩没来找我。过了好些天，还是没来。这时我才明白过来：他怎么会来找我？应该是我去找他啊。从那天起，每次我从外面回到小区，走在那条油石路上，我就会左看右看，还转过身去看身后。我并没有碰见他。在我们小区里，与同一个人遇见两次的机会是很稀少的。

白天里，我去那些过道里看过，那就是一些普通的过道，虽然有点窄，一个人跑过去是没问题的。过道的外面就是小区的围墙，沿墙种了一些夹竹桃，开着水红色的花。我在油石路上走来走去，每次走到水泥路那边就停步。我看见黑孩家的门关得紧紧的，窗户上也糊了纸。他一定很讨厌别人去打扰他吧。这就是关于银河男孩的事。

另一件事是一件有点荒唐的事。

我从菜市场回到蛤蟆村时，看见小区的大门上贴了一张红色的海报，海报上用毛笔字写着，今晚有杂技团来演出，地点是小区花园。节目很多；其中一项表演的介绍吓了我一跳。那上面写着："徒手斩龙"。我从来没有见过龙，只知道是凶恶的动物。

做饭的时候我一直在想着杂技团来表演的事。如果晚上大家都出来观看的话，我就会见到小区大部分的人。我该如何称呼他们？要不要向男士们敬烟？他们会不会讨厌我？这事令我生出些烦恼。我又想起龙的事。龙应是大型动物。但我们的花园很小，那里面光秃秃的，什么都没有，其实是一块比老年人的门球场大一点的空坪。在这样一个场地演员们将如何表演？万一那龙发起威来，我们又离得那么近，它会不会吃人？还有，我要不要早点去，免得去晚了人挤人，占不到好的位置？想着这些事就有点不安了。

吃完饭收拾了桌子，我竟有点昏昏欲睡了。于是我干脆倒在床上睡觉。

没睡多久我就醒来了，心里觉得有什么事还没处理。仔细一回忆，又没有什么事。那么，还是这杂技团的事。毕竟，这小区里从未有过这种事，并且邻居之间也从不来往啊。

好不容易等到了六点钟，我草草地做了一碗面吃了，将几包香烟放进口袋里，推开门向外走去。外面一个人都没有。当我经过那些房屋时，也听到了有两家开窗的声音。可是待我回过头去，那窗子又立刻关上了。也许这个时分，没人愿意看见有人在外面走。他们之所以开窗，是在警告我？演出六点半开始，这些人都不打算出来观看吗？

我走到小区花园，站在那块空坪旁的路上张望。已经都六点十几分了，这里还一点演出的迹象都没有，既没有演员，也没有观众。莫非那海报是个骗局？骗谁呢？我心里隐隐地生起了懊恼的情绪。所有的人都没出来，只有我一个人站在这里等，该有多么扎眼。一定有人从他们的窗口看见我了，那一排排的鬼眼似的窗玻璃，好像都在往我这边看呢。我还是躲到那棵柳树后面去吧，真是见鬼了。当我往柳树那边走去时，离得最近的那栋平房里忽然传来一声巨响，一位老大爷像一堆破布一样被什么人扔出来了。他躺在路上，全身抽搐着。

"老大爷，老大爷！您没事吧？"我朝他蹲下去，焦急地问。

他翻着白眼不回答。我不敢挪动他。万一他有心脏病呢？

过了好一会他才平静下来，睁开了眼。他家窗户开着，灯光照在他脸上，他显出在努力回忆什么事的表情。我问他需不需要我帮助他。

他看了我一眼，显得很不高兴，结结巴巴地说：

"龙……恶龙啊。"

难道他家里有龙？有人在"徒手斩龙"？我跑到窗户那里向里面看，什么也没发现，房里空无一人。我忍不住又问他：

"谁在徒手斩龙？"

"谁？还有谁？当然是我！你不相信吗？哼！"

他吐词清晰，他已经恢复了。他真是抗摔啊。

我看见他用手撑着地，慢慢地站起来了。这位骨瘦如柴的老大爷并没有被摔坏，看来他身体很棒，简直同运动员差不多。但是他家里真有一条龙吗？他是如何被摔出来的？

我想要离开这个是非之地，我已经迈步了。

"站住！你这怯懦的家伙，你闯祸了！"他说。

"是您在大门口贴的海报？"我好奇地问他。

"是我又怎么样？你忘了你是来干什么的吗？"

他叉着腰站在我面前，我忽然明白了：演出还没结束，我不应提前离场。

我很想到他家里去看一看，弄明白他是怎样同龙搏斗的。但他一点也没有让我进他的家门的意思，他宁愿站在外面同我说话。

天已经黑下来了，我看见周围的平房全都亮起了灯。有些人将窗户也打开了，这条路被一道一道的光所照亮。他们都在看我和这个人演出吗？

"金八，你挺起腰杆来！"老大爷大声命令我。

立刻有几个窗口传出赞同的喊声："说得对！！！"

"我一直挺着腰杆站在这里的。"我不满地反驳。

"可是我先前看见你往那棵柳树后面躲！小鬼，你瞒得住大爷？我呀，可是徒手斩过恶龙的，我在这蛤蟆村……"他没说下去，因为那些待在窗口的人都在向他欢呼。

我很狼狈，我没想到傍晚发生的这事却原来是对我的一个考验。蛤蟆村的居民要考验我——为了什么呢？我来了这些年了，没人搭理过我，他们全都不出房门，差不多已经忘记有我这个人了。可是忽然就设计了一场演出，演员就是我和老大爷。而他，就好像在他自编自导的这场戏里主宰我的命运。我不服气，就对他说我要回家了。

"站住！"他又叫道，还用铁钩似的指头紧扣我的肩膀，"这里发生的所有的事都被我们盯着的，你啊，回不回家都一样！"

他的口气变成了嘲笑，窗口的那些人也发出哄笑。这时我发现这条路边的所有房屋的窗户全打开了，每个窗口都有人，有的一个，有的两个。他们都在看戏呢。

"那么，我现在去你房里。"我鼓起勇气要求说。

他忽然松口了，说："要看就去看吧，老单身汉家里没有金银财宝。"

到了他家，他就让我坐在一把舒适的摇椅上。我四处张望，实在找不出屋里有什么地方可藏着大型猛兽。难道是他自己将自己摔到外面的路上去的？那需要多么大的勇气和技巧啊，我自己是不敢做这种尝试的。如果不是他自己，恶龙又是谁？

"你不要找了，我告诉你吧，恶龙就是丁小虎。"他说。

"谁是丁小虎？"

"就是刚才叫得最起劲的那一个，我的仇人。"

"可是我没见到他进你屋里来啊。"

"他当然不会让你看到他。我们这些房子的墙都是活动的，你早就知道的。"

我想起来了，同银河黑孩玩游戏的那一夜，我就领教过这些活动墙的魔力了。我怎么会将这么重要的事忘了呢？

"我的名字叫麦。小麦的麦。"他忽然用非常和蔼的态度对我说。他像变成了另一个人似的。

"麦爷爷，您恨那个丁小虎吗？我觉得那人很凶狠啊。"

"恨他？不，不恨。已经有多少年了？是他，丁小虎，让我的身体变得这么健壮的啊。"

他在屋里走来走去，不时叹息一声，似乎沉浸在怀旧的情绪中了。

我坐在摇椅上，看着左边的那堵墙，我分明感到那墙移动了一下。不过也可能是幻觉，这种事总是很难确定的。麦爷爷发现我在观察那堵墙，就笑了起来。

"金八啊金八，你的身体有点孱弱啊。你总想躲起来……这可不是蛤蟆村的居民的派头啊。你得学会迎难而上，不怕摔打。"

"麦爷爷，我也想、也想做个强人，可是我缺少训练。现在我得回家了。"

"好啊好啊，回去吧。我还要同丁小虎商量社区的工作呢。"

我回到家中时，肩膀还在隐隐作痛，那是被麦爷爷的手指头紧扣过的地方。这位老爷爷，力气大得惊人！我脱下衣照镜子，看见那里有个指印，已经肿起来了。"蛇蝎一般的人"，我脑子里出现这几个字，身体都有点发抖了。有人在敲门。

"我是麦爷爷。不，你不要开门！我是来提醒你夜里别睡得太死。"

他说完就走了。我自言自语道："这是什么派头？"

夜里我倒是一次也没醒，但我也很累。我总在同一只猛禽斗，用棍子，用铁铲去袭击它，它将我的双手啄得鲜血直流。我后来用一个很沉的铁桶罩住了它，用我的身体死死地压着。过了好一阵，我以为它死了，就站起身。没想到它掀掉铁桶，一飞冲天！我问自己：它会不会也是恶龙的化身？我可没有麦爷爷那么抗摔啊，我太孱弱了。麦爷爷提醒我,是想让我开始训练自己啊。这就是蛤蟆村的风度——将人变成猎物。

我眼泡眼肿地来到公司,因为我今天有任务。

"金八,你今天可以回去休息。"老武贴心地对我说。

"为什么?我今天有任务啊。"

"这里我负责。你的任务完成得不错。我已经另外安排了人做你那份。"

"太感谢你了,老武。"

"你一进来我就看出你已经上路了。好事情啊。"

于是我回家休息了一天。

你们大家既然愿意倾听,我就还说一件事吧。这件事是不久前发生的。地点?当然还是蛤蟆村。我来了十年了,蛤蟆村的风度从来不变。你们见过我的表叔吗?要是见过,就代我向他问好吧。他是我的恩人。我要讲的这件事,我至今也不清楚它属于什么性质。

那一天,我的顶头上司老武对我说:

"金八,你回家吧。今天下午有个重要人物要来访问你。这个人是你父母的好友,他也住在你们小区。他为了去你家访问特地来到你的公司,他指名要找我,同我谈话。我们在一块谈话,谈了很长时间。他姓齐,你叫他齐爹吧。"

"这位齐爹,对我这么感兴趣,可他在小区从不来找我,真蹊跷。你同齐爹谈话是涉及我吗？能透露一点吗？"我问老武。

"不能透露。他也说他从来没找过你，这是因为他生性谨慎啊。"

我在回家的路上买了鱼、蔬菜，还买了点心。家里要来客人了，这可是破天荒啊。这么重要的客人，又同我住在一个小区，我得留他吃晚饭。

下午，我将家门半开，一个人在屋里忙乎，好像要过节了似的。我还到门口的油石路上去张望了几次，但并没见到那位齐爹的身影。家里的卫生搞完了，饭菜也做好了，但他还是没来。外面已天黑了。我很生气，可忽然记起这是蛤蟆村的派头，气就消了。

那么，我就一个人先吃吧。边吃边等。

我吃完了，齐爹还是没来。我只好将桌上的碗筷收起来了。

等人是很累的，不一会我就昏昏欲睡，于是就上床休息了。

他是半夜里来的，这位上了年纪的老头。我昏头昏脑地开了门，对他说，我一直在等他。我请他坐下，泡好茶，拿出点心来请他吃。他显得心神不定。

"我打不定主意要不要来，直到刚才才下了决心。"他慢慢地说。

"齐爹，您只管来，我家欢迎您。您是我父母的好友，现在我们又是邻居，为什么不来？应该常来往啊。"

"我也是这样想。可这一来，就破坏了蛤蟆村的好风气啊。金八，你从前跟着你的父母走过很多地方，我问你，你见到过比蛤蟆村的上空更为明净的天空吗？"

我想了想，回答说没有。我们这里看到的银河的确是个奇迹。

"银河之所以这么美，是得益于我们小区居民内敛的品质啊。这个问题你怎么看？不，你不用回答，你慢慢地就会知道答案。"

"齐爹，是您的安排，才让我定居蛤蟆村的吗？"我鼓起勇气问他。

"不，我没安排。一切都是自然而然发生的。现在我要离开了，我不能待得太久，众目睽睽。这是你的日记本？记日记是个好习惯，你应该将你妈妈唱的那首儿歌写在日记里。我这就走了。"

"等一等，齐爹。您说起一首儿歌，我怎么记不起来了？"

"你好好想吧，会想起来的。是关于蛤蟆村的儿歌。再见。"

他走了，他是来干什么的？他提到我母亲唱的一首儿歌，同我们的小区有关。莫非在我出生前，我父母是住在这里？想到他们后来的遭遇，我感到毛骨悚然。齐爹认为我听过那首儿歌，只要仔细回忆就会想起来。但我知道，我母亲从来不唱歌，这应该没错，我从两岁多

64

就有了记忆。

虽然我猜不出齐爹的神秘任务，但我发觉自己爱上了他。一想到他说到的关于蛤蟆村的天空的事，我就激动不已。我忽然理解了关于黑孩的那些举动，还有"通道"的事。我们这个蛤蟆村，凝聚了多少代人的心血！为什么我以前不知道？我现在已经知道了吗？不，我还是没有把握。

现在已是三点钟，我一点睡意都没有了。我翻弄着我的流水账似的日记，看着那些可笑的句子，不时地发出苦笑。当我的目光变得模糊起来时，字里行间就出现了一个木偶，小木偶摇头晃脑的，会不会是在唱儿歌？当然没有，我一定神它就消失了。外面起风了，我将门打开一点，看见天上居然还有那么多让我害怕的星星。我连忙关上了门，熄了灯上床。我在想关于蛤蟆村的历史。我从心里确定了，齐爹应是较早的历史。那么我呢？是最近的历史吗？这种想法给了我某种慰藉，我进入黑洞洞的深处，很快在那里入眠了。

也许我只睡了不到半小时吧，外面隆隆的响声把我弄醒了。屋里的墙上被照得通明透亮，也不知光是从哪里进来的。啊，是流星雨！怎么会有这么大的流星雨？整个天庭都在旋转，我不敢多看，连忙将门关上。如果我不关门，就会晕倒了。我的墙角那里响起了人的说话声，但听不清楚。会是谁呢？我担心我们小区要着火，我也担心陨石会洞穿我的屋顶。现在，我要不要钻到桌子下面去？然而，尽管我头顶的琉璃瓦一片乱响，我还是忍住，没有钻桌子。我第一次想到，我不能败坏"蛤蟆村的好风气"。这是齐爹说过的话。

我就那样坐着，心不在焉地翻看我的日记。很快，我写下的那些流水账就开始呈现出它们自身的意义了。它们聚集成了一个整体，讲述着我所熟悉的同一件事。那是一件要追溯到我的幼年时代去的事，一件我只能模糊地记起它的某个原委的事。我猛地一下子发现，我太喜欢这些流水账了，它们的编排（实际上我从未用心编排）几乎是天衣无缝。说起来也荒唐：在流星雨的威慑之下，我认出了我的文字的真实的模样。我一页一页地翻看，仿佛着了魔似的。一边看，我一边想起了齐爹说的关于久远时代的儿歌的事。我一直在写那首不存在，也想不起来的儿歌吗？这些句子是怎么来到我的笔下的？哈，妙，太妙了！瞧这一句："香葱一把，鲢鱼一条，我同小贩对了对眼神。"这不是有点像另类儿歌吗？

我决定今天去上班。虽然夜里没睡好，我还是精神抖擞。外面是一个晴朗清新的早晨。我神清气爽，脚步稳当，满怀喜悦地向我们公司走去。

"金八，金八，你今天看起来像一枚新鲜的柠檬！"小贺和小余齐声说道。

"这是因为我要走运了啊！"我欢快地回答他们。

老武从屋里出来了，他向我点头示意，好像说了几句模棱两可的话。他好像在祝贺我。祝贺什么呢？我猜不透。不过这并不妨碍我情绪振奋。

我拖着板车上路，就如同鸭子扑进了池塘一样欢快！

钥 匙

　　"出工真苦啊。"龙细毛对自己说。即使弯着腰在水田里插秧，他也还是睡眼蒙眬的。他瞌睡特别大。他似乎在干活，又似乎在梦里东想西想。忽然，他惊醒过来，发现自己被玉叔他们"关笼子"了。远处传来嘲笑的声音。他的脸涨得通红，踉踉跄跄地走到田埂上，又一次在心里对自己说："我要去河里，做出淹死的假象，然后出走。"

　　大家都在田里忙，他却一个人回家了。他再也忍受不了出早工了。

　　"细毛，你怎么可以回来？这大忙的季节……"妹妹灵子惊慌地说。

　　"大不了一死吧！！！"龙细毛跺着脚吼道，"我反正也和死了差不多了！"

　　他冲到卧房里躺下了。他在紧张地思考。他必须有一份工作，否则只能饿死。其实早两天他就想好了，去大黑

68

山里做护林员。原先的护林员刚刚被棕熊咬死了。县里到处招聘新护林员，却没人敢去。龙细毛的胆子也不大，但他从小有种莫名的冒险冲动。有些事，说做也就做了，让旁观者瞠目结舌。他想，自己已经到了"大不了一死"的地步了，怎么死反正都差不多吧。护林员的工作其实不累，只不过必须住在山林里，一般人受不了那份寂寞。他其实是很喜欢的，只是母亲一直不同意。看来这一回只能不辞而别了。是啊，就连妹妹也不能向她透露。必须装得没事一样，夜里悄悄出行。

"细毛，你饿不饿？你病了吗？"妹妹问。

"嗯。我头痛。"

他弄了一块热毛巾放在头上，为的是敷衍家人。

到了中午，爹爹和妈妈都回来了。他们和妹妹都围着他，问他难不难受。

"可能我快死了吧。倒是不难受。"他闭着眼说。

"瞧，他在说胡话。"爹爹说，"我们让他静养吧。"

他觉得爹爹说话的口气并不为他担忧。或许他看透了他的诡计？

到了下午，他偷偷去厨房吃了两大碗饭，还有一点肉。后来他看到母亲做的饼，就用布袋装了一些，藏在卧房里。做完这些，他又到床上去躺下了。他的计划是夜里出走，到县里招工办去应聘，然后去山里。

到了吃晚饭时，母亲为他做了一碗鸡蛋素面。他吃得头上冒汗，觉得自己好像真的病了一样。他不敢看家里人的眼睛。

村里到了夜里总是有偷鸡贼，那些鸡养着养着就要少几只，大家倒也不怎么在乎。偷鸡贼一般是来自大黑山的贫苦农民，他们当中也有妇女。听说因为人口增长太快，大黑山大队那块地方已经不适合居住了，很多人连饭都吃不饱。龙细毛听到了偷鸡贼进了他家院门，绕到屋后，偷了鸡又跑了。那人动作特别轻柔，好像是一名妇女。龙细毛躺在床上，一点都不怨恨这个人。他想象着她回到家里炖鸡时的那种欢乐景象，还有小孩们饥饿的眼神。他甚至设想，如果他当上了护林员的话，去大黑山大队入赘做上门女婿也会很惬意。很久以前他去过大黑山一次，那时他还是个小孩。大黑山大队那时很富裕，家家养着好几头山羊，屋前屋后都是大片果树林。龙细毛忍不住偷了几个橘子藏在口袋里。立刻就有人发现了他的偷窃行为。那是一个小女孩，生着乌黑茫然的斗鸡眼。她指着龙细毛嚷嚷道，如果他吃了偷的橘子，他就会死。她甚至显出焦急的神态，要他将口袋里的橘子扔掉。龙细毛撒腿便朝山下跑，跑了好远好远才停下来休息。这时大黑山村已经看不见了，只能隐约地听见从那个方向传来的狗叫声。龙细毛坐在草丛里，将橘子拿出来慢慢剥开，一瓣一瓣地享用。现在回忆起多年前的这件事，那小女孩焦急的面容便清晰地出现在脑海里。她是真的觉得他吃了橘子就会死吗？为什么？龙细毛活了这十几年，还没有任何人说他会死呢。大黑山的人真是神秘啊。不管怎样，他对那块地方、那里的人们总抱着好感。他觉得在那个地方，即使是吃不饱也用不着像在他们这里一样，拼死拼命做农活。他最恨的就是做农活了。

奇怪的是他在离开的瞬间听到了爹爹的说话声。

"这家伙迟早要跑掉的。"他对娘说，"未必就是坏事。"

当时他腿一软，差点跌倒。但他很快就振作起来，跑出了院子，到了大路上。

虽然没有月光，但通往县城的路是一条浅色的三合土铺成的路，用不着担心会摔跤。他越走越有劲，也对他自己没有早些觉悟感到后悔。不是连爹爹都说他的出走未必是坏事吗？这么些年了，他还在等什么？他在心里决定，这一次即算没考上守林员的岗位，他也要赖在城里多看看，碰碰机会。哪怕在城里基建队学泥瓦工他也愿意，他不怕吃苦，只怕过沉闷的生活。

下半夜很快就在行走中过去了，东方已经发亮。

龙细毛很快就找到了招聘护林员的办公楼，可时间还早，他站在车库旁，将布袋里的大饼拿出来吃。一会儿洗车的少年就过来了，他不耐烦地赶龙细毛离开。

"这是我们城里人的地盘，你这小子长眼没有？"

龙细毛避开乱扔在地上的工具，连跳带跑来到人行道上。他觉得自己在城里不受欢迎。

转悠了一阵，估计上班时间到了，他鼓起勇气上到了二楼，推开那间办公室的门。

"谁？"办公桌后面那中年男人似乎吓了一跳，严厉地发问。

"您好。我的名字叫龙细毛，我是来应聘的。"

他不敢坐下，就站在办公桌前，正对着那人。

"你怕不怕黑熊？黑熊扑过来时你怎么办？快回答！"男人说话时死盯着他。

"我、我……"他结巴了一下，终于冲口而出，"我就同它打斗！"

男人笑了起来，露出两颗很长的犬牙。

"有意思，你这乡巴佬有点意思。每月十二块钱，不包饭，能接受吗？"

"能接受，能接受！"龙细毛频频点头。

那人打开抽屉，将一大串钥匙当啷一声扔到桌上。

"一共有三个工具房，这是钥匙，都归你了。那也是你休息的地方。大黑山并不大，工具房都在半山腰，你很快就会找到的。你现在就去吧。"

龙细毛拿了钥匙，喜笑颜开。那人想起了什么，从抽屉里拿出钞票扔到桌上。龙细毛收了钱，数也不敢数就往外走。

啊，命运！啊，希望！啊，自食其力的好工作！他不能理解，这么多年了他都没有出走，突然一出走就获得了想要的东西！从楼里出来又碰见那洗车的小子，龙细毛趾高气扬地从他面前慢慢走过。他听到那小子朝地上很响地啐了一口。

他立刻就去赶长途车，他知道去大黑山的路线。

走在城里的人行道上，龙细毛的脑海里像那阳光一样亮晶晶的。十二块钱，一大串铜钥匙！他长这么大还从来没得过这种待遇呢。

车开得很慢，龙细毛坐在座位上闭上眼睛享受自己的好情绪。他对县城的风貌不感兴趣，他想象着在大黑山可能遇到的种种冒险。现在他是护林员了，那个大黑山大队的村民会怎样对待他呢？多年前那个将他与死亡联系起来的小女孩，现在应该已成了孩子的母亲吧。为什么吃了那些橘子就会死？她那么严肃地对待这件事，他却根本不放在心上。因为他那时还是个毛孩子，天不怕地不怕。他根本不知道死是怎么回事。

他爬了一会儿山就累了，于是坐在草丛里休息。他还吃了一个饼，喝了水壶里的水。

黑暗中有人朝他走来，一边走一边说：

"这个季节到处是野兽出没，你就是冲着这种形势来的吗？"

"我是新来的护林员，请问您是谁？"龙细毛大声说，立刻站了起来。

"我是老护林员。即算他们派了你来，我也可以协助你的。"

那人将手放在龙细毛的肩上。龙细毛下意识地摸了一下那只手。那不是人的手，是毛茸茸的爪子。龙细毛吓坏了。幸好那人并不想停留，马上走掉了。龙细毛注意到他的躯体十分庞大，不像一个人，有点像一只熊！老天爷，这家伙亲自来迎接他了！会不会原来的护林员并没有死，却披着熊皮，扮演起熊来了？龙细毛记起大黑山那边的信息总是错误的，而且难以理解……

他继续往上面爬。幸亏月亮出来了，也没发现野物出没的迹象，他估计到达工具房还要走相当长一段路。他后悔没有向招聘处的那人打听清工具房的具体位置，可是他当时那么慌乱，根本不敢打听任何事。既然来了，就在这山上寻找吧，大不了找到天亮去。此刻他心里还是很乐观的，这些小小的困难又算得了什么呢？他轻易地脱离了让他怨恨的家乡，来到了多年来向往的地方，这才是可喜可贺的事嘛。

然而他没有找到那些工具房。他在半山腰转来转去，一直走到天亮，根本没有发现任何像房子一类的东西。天亮时他看见一位扎着围裙的老大爷在冲他笑。

"老大爷，您见到这附近的房子了吗？"

"这附近没有房子。你不认识我了？我们夜里见过面。"

"啊？您是——"

"我是原来的护林员。哼。"老头白了他一眼，问，"你要房子干什么？"

龙细毛拿出那一大串铜钥匙给老头看。

老头瞪大了眼后退几步，说：

"这是天堂的钥匙！你怎敢接受这种东西？"

"可这是工具房的钥匙……归护林员管的工具房。"

老头跺了一下脚，不管不顾地自己走了。

龙细毛想，幸亏是白天了，他再找一会儿，实在找不到就下山去问别人。他也可以住几天旅馆，现在不是有钱了吗？他又往高处爬了一会儿，再往山的南边走去。这时他隐隐约约地听到上面有人在唱山歌，还有人在嬉笑，他们将一种熟悉的氛围传到他的耳中。啊，这不就是大黑山大队的那些人吗？人们说他们都成了乞丐和小偷，非常可怜，可见那信息是完全错误的！

龙细毛不再去找工具房了，他顺着发出欢笑的方向向上爬去。此刻他很振奋，很有劲头，仿佛对于他来说，找到大黑山大队就一切问题都解决了，就可以顺利地开始护林员的工作了。也许护林员从来就是大黑山大队的一员？为什么他以前没想到这一点？他在心里仍有隐隐的疑惑，最大的疑惑就是他现在走在完全陌生的路上，时刻需要仔细辨认。从前走过几次的那条熟悉的路已经找不到了。每走几步他都要侧耳细听，因为大黑山人弄出的那些声音虽给他一定的方向感，却总是似有若无地在空中飘荡。龙细毛多年里头还从未这样认真而热切地做一件事呢。

这种高度集中注意力的寻觅很快就令他疲倦了，他多么想躺在落叶上闭目进入梦乡啊。可只要一躺下，说不定就找不到大黑山大队了，还说不定会晕倒在这山里悄悄地死去。如果他死了，不就应了多年前那女孩的那句话吗？这个念头让他出冷汗了。他用力振作，再振作，忘掉饥饿，拼死冲刺。现在只能向上冲刺，不能下山了，他身上的力气已耗尽，而他离山下至少已有三十里路。当他撞撞跌跌地向前冲时，昔日见过的大黑山大队的轮廓猛然出现在眼前，脚下的山路居然变成了平坦的三合土路，一直通到村里。路边有几只黄狗，看见生人来了不动也不叫。橘子林还在，只不过都成了老树了，它们都被维护得很好。一位抱着孩子的妇女从木屋中走出，很随意地走到龙细毛跟前同他搭讪起来。

"你来这里的那年还是个小孩子，现在长这么高了。"她说起话来仿佛是他的熟人。

"您以前见过我吗？"

"当然。你来过三次，每次来了都不爱理人。我猜你是来我们这里工作的，对吧？"

"我确实是来大黑山工作的，我是护林员。"

"天啊，护林员！危险的工作……现在谁还敢去护林？没有谁敢。"

她抱着小孩匆匆地进屋去了。她好像后悔不该同他搭讪。

龙细毛饿得腿有些发软，他很想在村里找到一个小卖部，或者碰到一位村民。他顺着那一排房子边走边看，可是他一直走到了村头还没有找到一个小卖部，也没有遇见一位村民。家家都关着房门。难道他们都在屋里睡觉？还是都进城去了？先前他不是听到他们在唱歌和嬉戏吗？龙细毛在心里嘀咕："大黑山大队的秘密太多了。"

　　现在他感到自己几乎是无路可走了，他可不想在这里饿晕过去。于是他鼓足了勇气去敲第一家的门。敲了几下没人应，用点力一推却推开了。

　　"来吃饭的吗？这里还有一大碗稀饭。"坐在桌边的大胡子男子说。

　　龙细毛立刻坐下，端过那一碗稀饭就喝起来。将稀饭全部喝完后他才有力气说话了。

　　"我是护林员，来工作的。谢谢您的招待。"

　　"这里还有烙饼，您将就着吃吧。您来工作，您看上了我们这里的安逸生活吗？"

　　"其实十来年前我就喜欢上了这个地方，但那时我还不懂事，不知道自己该怎么做。"

　　龙细毛吃下烙饼之后，情绪变得高昂起来了。他打量着这宽敞阴凉的土砖房，房里那几样简单结实的木家具，还有里面那张挂着麻布蚊帐的大架子床。他一下就猜出了房主是个单身汉。

　　"小龙，您要同我住，是吗？我可以在小房里给您铺一张床。"

"大叔，您怎么知道我姓龙？"

"我们这里消息非常灵通。您刚出发就有人通知我了。我是村长，也姓龙。"

"太好了。我现在吃饱了，我想干活。您知道工具房在哪里吗？"

"工具房早就被烧掉了。在这里干活用不到工具。护林工作就是提高警惕，留心自己不要被大型猛兽吃掉。先前的护林员——不，我是说您，您是一位非常勇敢的青年。"

"龙叔，我——确实，我有时也有那么一点勇敢……"

"您非常勇敢，二十年前我就看出来了。"龙叔笑眯眯地说。

他们说话时，外面有个人敲门，敲了又敲，村长倾听着，却不去开门。龙细毛看见他蹑手蹑脚地从墙边操起一把锄头，猛地用锄头顶开门，挖过去，口里发出被什么野物咬住了的惨叫。龙细毛冲过去，却什么野物也没发现，只看见那把挖进地里的锄头。

"龙叔！龙叔！"龙细毛焦急地喊。

"没关系，小龙，是华南虎，来村里好多天了。华南虎让我们的生活变得紧凑有趣。"

村长用毛巾抹着额头上的汗水，脸上的表情像年轻人一样生动，有活力。他让龙细毛跟他去里面的小房间里铺床休息。

床一会儿就铺好了。龙细毛躺在床上，听见龙叔在屋外一下一下地劈柴，他那劈柴的架势就好像一个力大无穷的巨人的架势一样。龙细毛脑海里出现这个问题：华南虎和龙叔谁会战胜谁？他很想问一问龙叔，可是来不及了，他的瞌睡战胜了他。他似乎睡着了，却又听见旁边有人在说话。有两个人在说，口气挺诡诈的。

"今夜轮到这个外来人了吗？"

"有可能，因为他还不熟悉规则嘛。这件事让我很激动呢。"

"他也完全没有经验，会不会像那次那个小男孩一样……"

"不能说他完全没有一点经验，二十多年前……"

那两人走远了，声音还是顺着风传来，断断续续的。

"要咬很多口……"

"充分……拉锯……"

龙细毛进入了更深的梦境，他看见龙叔在山边向他招手，龙叔的背后闪耀着金黄色的光芒，他喊龙细毛过去。龙细毛想立刻跑过去，但是他动不了，有什么东西拖住了他的衣服的后襟——难道是那只虎？

"龙叔，我这就来了……"他喊道，可他发出的声音细如游丝。

"您不过来吗？您再不过来我可就要走了。"龙叔嘲弄地说，"瞧这金色的美景，您这个外来人有可能以后再也看不到了，可您还在犹犹豫豫的。哼！"

龙细毛用力挥手，反复做出绝望的表情，但还是动不了。

龙细毛在山里醒来得很早。他悄悄地到龙叔的房间那边瞄了一眼，发现龙叔根本没回来睡觉。回想昨天的事，他不由得打了一个冷噤，他同时就嗅到房内有一股鬼气。他细细一想，觉得他的工具房有可能就是这位村长的家，他还记得门上挂了一把大铜锁。龙细毛拿上钥匙，走到门口去套那把锁，钥匙一转锁就开了。他正摆弄大铜锁时，昨天抱小孩的那位妇女来了。

"细毛啊，看来你已经开始工作了……好！好啊！"

龙细毛觉得这位妇女不怀好意，就没有吭声。他关上了门，到厨房里用木盆打水洗了个澡。洗澡后精神好了很多，而且一想到是同村长住在一起就激动起来。工作，住处，钱，一下子都有了！而且他还有两把钥匙，难道他还有两个地方可以住？老天开眼了！

那妇女也不敲门，径直就进屋来了。

"我同村长像一家人一样。我姓毛，是从城里嫁到这里的。"她缓缓地说。

"从城里？你习惯这里的生活吗？"

"习惯。城里的生活算什么？你住得久了也会知道，这里的好处说不完。"

"他一夜未归，我不知道他干什么去了。你能告诉我吗，毛婶？"

"他在鬼混！当然不是同人，是同那些兽。你也看到了，原先的护林员根本没死。他们这些人死得了吗？死不了的！他们放出谣言去，自己活得好好的。这就是这里的好处。"

"我不明白，怎么混？"龙细毛皱起了眉头。

"怎么混？打仗啊！人和兽的决斗。他是村长，代表整个村子，明白吗？"

"不明白。我也想知道是什么兽同龙叔决斗……"

"大型的！一口致命的那种！"毛婶很快地说，她对于龙细毛的反应慢很不满，"你以前不是来过我们这里吗？没有觉察到村里的一些怪事？你同我那时一样，比较麻木。我是后来才发现这些好玩的事情的，我一发现后就再也离不开这里了。"

女人说完这些后便瞪着空中，张着口，后来又古怪地笑了一下，似乎清醒过来了。

"细毛啊，你不应该睡那么死。你是护林员，夜里应该同龙叔一块出去工作。"

"我当然是想——我今天夜里一定……"龙细毛羞愧地说。

"没什么没什么，你从今天夜里开始吧。其实任何时候开始都不会晚。"

毛婶说她的娃娃在哭，就站起来跑出去了。龙细毛听了她的话感慨万千——即使是一名普通村妇，心中也藏着如此多的秘密，看来这个大黑山村真是不简单！连她都在这里找到了最大的乐趣！龙细毛高兴地跑到厨房里去做饭，他要好好表现一下，让龙叔对他有个好印象，这样他同龙叔合作起来就会很顺心。

他点燃了龙叔昨天劈好的柴，熟练地蒸上米饭，做了一个鸭蛋炒韭菜，一个萝卜汤，还煎了一条鱼。他将饭菜摆上桌时，龙叔正好回来了。龙叔显得很疲倦，铁青着脸，龙细毛请他坐下吃饭时，他摆了摆手，打水洗了手脸，说先睡一觉再说。

龙叔一边脱衣服一边问龙细毛钥匙的事，问他是不是将另外那两把铜锁找到了。

"没有啊，龙叔，我该去找吗？"龙细毛困惑地说。

龙细毛的答话让龙叔立刻有了精神，他向他说起了夜游的快乐，说起全世界都在梦中，他一个人独独醒着的那种刺激感，还有伏在巨石上倾听地下岩浆活动时的狂热。

"龙叔，您同华南虎进行了决斗吗？"龙细毛忍不住问他。

"决斗？不，没有什么决斗。我就是一个人走来走去，后来碰见了老护林员。那老家伙比我失眠更厉害，原先他在我家里住过。"

"哦——"龙细毛说，他掩饰不住自己的失望，"您是因为失眠才出去走？"

"是啊。这是最好的治疗。您当了护林员，就要开始失眠了。哈哈，现在我要睡了。"

　　龙细毛一个人吃了中饭，收拾了厨房，就到村里去溜达。他想去找找另外的两把铜锁，他觉得村长要他找，他就必须去找，村长是他的上级。

　　他挨家挨户仔细地观察那些木门，可令他沮丧的是，所有的门上都不像龙叔家的门上一样，挂着一把铜锁，而是光光的，什么都没挂，就好像这些人从来不锁门一样。

　　"你看什么呢？你在找吃的吗？你在村长家还没吃够吗？我告诉你，在我们这里要少吃，以防止失眠症缠上身。"

　　说话的是一位老妇人，她从门缝里伸出花白的头。她说完就将门关上了。

　　龙细毛将整个村子都走遍了，还是没找到另外两把锁。他想，也许锁不在村里，在别的什么地方？龙叔并没有说必定是在村里啊。他刚打算走出村子就有人开门喝住了他。

　　"站住，您到哪里去？您现在还不能乱走，因为任务还没完成！"

　　那是一位白胡子老头，他也只将门打开一条缝同他说话。

　　龙细毛感到十分诧异，在大黑山村，他似乎成了每个人的目标，他的一举一动都在一面放大镜下面，这些人只要随便看一眼就知道他心里的打算！

　　"大爷，您说我应该到哪里去？"他恭敬地问。

　　"站在原地。"白胡子老头说完也关上了门。

龙细毛纳闷地想：这些村民莫非是在调戏他？他站了一会儿，什么也没发生。整个村里一片寂静，也许他们在睡午觉了，他们真是一些会享受生活的人。就凭这一点，他也要留在这里。

当他准备迈步回村长家去时，忽然就有了收获了：他看见白胡子老头家的后面有一个窑洞，窑洞洞口有一张漆成朱红色的木门。他奔向那木门，很快就看见了那把铜锁。他掏出钥匙去套那把锁时，那锁砰的一声爆炸了，幸好没炸到他的眼睛。真是老天保佑！他看看地下，却没有碎片，难道那把锁化为了烟雾？他正在琢磨时，白胡子老头来了。

"炸了！"他举着被熏黑了的钥匙对老头说。

老头做手势让他进窑洞。他显得很不耐烦，像要来打龙细毛似的。

他一进去，老头就从外面锁上了门。

龙细毛看了看窑洞，里面并不黑，因为窗户比较大。他试探地坐下来，还好，桌边的这张围椅很不错，伏在桌上也可以睡觉。可是没几分钟他就发现情况了：墙角那里蹲着一只虎，有点像华南虎。龙细毛立刻移开了视线，他不能同这只虎对视。还好，华南虎并不过来，只是在墙角舔它的爪子，舔出沙沙的响声。它似乎对自己的爪子的清洁十分讲究。

龙细毛考虑过打破玻璃爬出去，但他不敢，他怕惹怒了华南虎。华南虎体型不大，但要不了几口就可以将他咬死，他坚信这一点。那么现在他能干什么呢？很显然，他什么也不能干，只能消磨时间，等待转机。他等了大约一小时，最难熬的阶段过去了。他偷看那只虎，它还在忙乎自己的事——舔肚子上的皮毛。不知为什么，龙细毛渐渐地感到，白胡子老头并不是想让他被这只虎吃掉，而是另有目的。那究竟是个什么目的，这只虎又是什么样的道具？或许它根本就不吃人，或许它对人一点兴趣都没有？要是那样的话该多好啊！龙细毛突然就隐隐地对白胡子老头生出了感激。他并不知道自己为什么要感激他，只是无端地感到自己应该耐心等待，不给老人制造任何麻烦。在这种情况下他当然睡不着觉，于是他就伏在桌上胡思乱想。

桌子是桃花心木的，伏在上面很舒适，甚至可以闻到一股木头的香味。他刚一闭上眼睛，就听见了爹爹的声音，声音是从窗户那里发出来的。

"细毛啊，你走了这么久，我们想你了。我们不生你的气。人往高处走，水往低处流，这是规律啊。我和你娘知道你去了哪里，也为这事高兴呢！"

龙细毛不敢出声，闭着眼睛微笑，在心里回答着爹爹。来这里之前他恨家里的人，因为他们大家都要他干农活，而他又最讨厌干农活，他们差不多将他逼疯了他才逃出来的。可现在爹爹又为他的逃走感到高兴，他们到底是怎么回事？如果他们知道他现在与虎同居一室，他们还会觉得高兴吗？想着想着他又有点怨恨了。这时爹爹又说话了。

"细毛啊，你要去攀高枝你就攀吧，攀得越高越好。高处有好风景看，说不定还可以看到我们一辈子也看不到的东西。你走的那夜，我对你娘说：'他总算走了。他准备了这么长时间才走，真是难为他了。'是因为我这样一说，你娘才高兴起来了。"

这一番话让龙细毛心中的怨恨一下子消失了。爹爹透露了生活中的真情，他作为儿子也感到了欣慰。那么，他生在这样一个家庭、这样一个村子里，他自小以来的那些痛苦，他们，还有村民们全都看在眼里了吗？或者也不是什么痛苦，只是一种癖好，而大家居然就理解了他，还为他高兴？多么宽广的胸怀啊。龙细毛想站起来同爹爹说话，他现在已经不畏惧那只虎了。先前他怕虎，是因为怕悄悄地死在黑黑的角落里从此没人发现，既然现在他的一举一动都在爹爹他们的视线里了，他还怕什么呢？

"爹爹！爹爹！我是龙细毛！"

他一喊出来眼睛就看不见了，腿也不是自己的了。他倒在地上。迷迷糊糊中感到了兽的尖硬的利爪和气味浓烈的皮毛。

很快他又被外面射进来的亮光弄醒了。

"你以后想来就可以来，这个窑洞是你的工作室。"白胡子老头说，"我们村里还没有这么大的工作室呢，我看三头虎也住得下。护林员不就是最喜欢这些野物的人吗？先前那一位，因为同黑熊的关系太密切，惹得上级不高兴，所以被要求下岗,现在成了编外人员。我看你的表现很不错,你是个冷静的青年,一定可以干得长久。我姓龙,这窑洞是我盖的。"

他说了这一通之后,又不耐烦了,催着龙细毛快离开。

龙细毛一边走一边想,他也姓龙,自己也姓龙,还有村长也姓龙,会不会……他们对于他来这里的前因后果弄得一清二楚……刚才他苏醒后从地上爬起来忘了看那只华南虎了,也许它还在那里面,很可能是一只驯养的家虎。他在心里嘱咐自己要记住龙爷爷的话,不要同那只虎的关系太密切,他可不愿同前任一样被下岗。他手里有三把钥匙,他的腰杆很硬,因为他是被正式录取来这里的。

现在还有一把锁需要他去寻找。他变得很有信心了。他觉得这大黑山村是一个既和平,又有趣的地方,身边到处有数不清的秘密。在这里,人的情绪起伏很大,不断陷入绝望,但那绝望每次都证明是虚惊一场。龙细毛想,这种环境会让他很快成熟起来吧。现在他就已经感到自己不再是家里的那个毛头小伙子了。他是堂堂的拿工资的护林员,这里的人其实都从心里看得起他。他们表面看上去有点粗鲁,这是因为他们是山里人啊。

龙细毛走到村头,又从村头走到村尾,来来回回走了四趟。他既没碰见人也没看到有什么情况,而天就快黑了。山里的天黑得真早。他正打算回龙叔家去时,一个小男孩从大树的阴影里走出来,一把握住他的手。

"你是谁家的？"龙细毛问。

"老龙家的。我叫龙细毛。"

"咦？你今年几岁？"

"同你来的那年一样大。"

"九岁？你怎么知道我的事的？"

"听我妈妈讲的。你到底去不去啊？"他突然提高了声音，拖他向前走。

"去哪里啊？"

"去我家里，去吃饭。你没看见天已经黑了吗？"

他家在村子的正中间，是一栋矮屋，缩在两边高大的瓦房的当中。

龙细毛进去的时候，房里一片漆黑。小男孩从背后推着他走了几步，忽然大声叫他坐下。他犹豫地弯下腰，果然就摸到了椅子。

有人在擦火柴，一会儿就点燃了煤油灯。那人是一位大胡子中年人。

"他是该吃晚饭了。"妇女的声音从龙细毛背后响起，"他努力工作了一天。"

这一家有三个男孩，他们五个人围着桌子安静地吃，那女人却没上桌，可能到厨房里去了。

龙细毛感到饭菜很合口味，就一心一意地享受着。可是他忽然注意到其他人都没怎么吃，尤其是几个男孩，只动了几筷子就不吃了，坐在那里发呆。龙细毛问他们的爹爹这是怎么回事，大胡子就告诉他说，这是因为他们的母亲快死了。龙细毛又问是什么病。他还没问完，带他进屋的那位同名者就跳起来说：

"别问了，别问了！真丢人啊！"

他将筷子一摔就跑到里屋去了。另外两个男孩也立刻站起来，起身跟着走了。

"快吃呀，菜会冷掉了。"这位爹爹催促龙细毛，"我们家的孩子很野，他们太爱自己的妈妈，不允许别人议论她。"

"他们很可爱……"龙细毛咕噜了一句。

他想起了自己对父母的态度，不由得羞愧不已。

男人告诉龙细毛，自己的妻子因为放心不下三个男孩，一直在死亡线上挣扎。她的痛苦无法形容。在剧烈发作之际，男孩们甚至希望老天爷将他们的母亲收了去，或者他们自己代替母亲经受疼痛。但这是不可能的。明知不可能，这些小鬼头还是一惊一乍的，非要亲自尝试这种荒诞的事。他的二儿子甚至为此撞破了自己额头，流了很多血。

"可是他们的妈妈看上去很平静啊。"龙细毛不解地说。

"那是表面的，她痛在心里，孩子们感觉得到。"

男人又问龙细毛听说过茅草房的事没有，龙细毛说没有。男人告诉他说那是一间很特别的小房子，建在不为人所注意的隐蔽之处。在大黑山村里，如果有谁知道自己的临终的日期，他或她就会找到那所茅草房，钻进房里去等待那个日子。男人叙述这件事的时候显得很激动，好像他自己就是那个人，迫不及待地要去茅草房里一样。男人说话时那母亲出现了，龙细毛觉得她不像一个真人，而且她的动作也没发出任何声响。正当龙细毛感到纳闷时油灯又灭了。

"小龙，你走出这屋子，往屋后走五十步，就是那间茅草房。"黑暗中响起男人的声音。

龙细毛摸索着，打开房门到了屋子外面。外面也很黑，什么都看不清。他顺着墙摸过去，摸到了通往屋后的狭窄的过道。那过道狭窄到他只能侧着身子往前挤。尽管他觉得自己会被这两堵冰冷的砖墙像老虎钳夹肉一样夹住，死在里面，但还是往前挤，也不知是受到了什么诱惑。

他一寸一寸地挤压过去，经过了一段长长的时间，终于到了外面。

屋后完全是另外一种景象：月亮挂在天上，一派平和景象。龙细毛心中一喜。但他向前迈了五六步之后却又被吓坏了：脚下不是陡坡，而是深渊，他根本就不敢往下看。他的左右就是村庄房屋的后门，它们都没有院子，都紧挨深渊。他刚走出的那矮屋的后门吱呀一响,吓得他浑身颤抖，连忙坐在地上。那大胡子男人问他看到茅草房没有，龙细毛说没有，只看到深渊。男人说那就是茅草房，还问他带钥匙了没有。龙细毛说带了。随后那家的门就关上了。

龙细毛坐在地上想了又想。抬头看天，看见星星挂满了天空。这山区的夜景特别美，他觉得自己在这里有种幸福感，尽管他并不是很理解周围的人和事。想想吧，这是什么样的运气啊。一下子就脱离了世世代代的农活，开始了一种有趣的新生活。不说别人，只说他自己家里，也仅仅只有他一个人走运了啊。他掏出钥匙反复看，回忆着大胡子说的话。大胡子说下面的深渊就是茅草房，那么茅草房会不会是他最后要找的那间工具房？这个念头立刻令他兴奋起来了。他慢慢地向着深渊挪动着身体，一会儿就移到了深渊的边缘。他甚至感觉到了下面刮起的寒风。他将两条腿垂下去，腿上立刻起了鸡皮疙瘩：真冷啊！他将那把钥匙高高举起，伸进想象中的那个锁孔转动了一下，便听到嗒的一声响。他就像着了魔一样做了这些动作。现在他缩回悬空的双腿，站了起来。他发现自己已经感觉不到旁边的深渊的威胁了。

"原来茅草房是这么回事啊！"他大声说道。

他背着双手，在深渊边上走过来走过去，像是在考察深渊，又像是在用脚步测量它的长度。他还随意地抬头仰望星空，一点也不担心自己会失足掉下去。当他这样散步之际，那大胡子的谈话声便传到他的耳中。

"乖乖，你高兴吧，现在护林员已经帮你实现了你的愿望……你还记得那一年我们看见他时的情景吗？当时小菲跑来告诉我，说他偷了我的橘子。哈，一切都是那么按部就班！你没想到会这样吧？"

龙细毛知道大胡子是在对他妻子说话。他还听到那女人发出鸽子一般的咕咕的声音，她显然是在附和她丈夫。

　　龙细毛将那一串钥匙举起来晃动着，让它们发出清脆的响声。他胸中涨满了豪情，他真想大声笑出来。

　　"小龙！小龙！"是村长龙叔在叫他呢。

　　村长龙叔从他的对面走过来了。月光中，龙细毛看见村长不是走在悬崖的边缘，而是悬空在步行！他的步伐还十分有力和稳当。

　　"小龙，你回家休息吧。今天你做了很多工作了。"他亲切地说。

　　他握住龙细毛的手，他那只干燥的大手很温暖。

　　"我刚才开了第三把锁。"龙细毛不好意思地小声说。

　　"我已经知道了。你今夜会睡得很好的。"

人防工程

　　在我们灰城，关于防空洞的传说有很多，而且花样百出，经久不衰。这些传说，阿墨从小就听得耳熟。本来防空洞是战争年代所修的人防工程，丝毫也没有什么神秘之处。然而在当今，战争已成了久远的记忆，偏偏灰城的人们又都是一些爱幻想的人们，他们就于无意中将前辈们的记忆改造成了一些匪夷所思的怪事。青年阿墨对灰城的这一类传奇有着超出常人的兴趣。这种兴趣大概是从他母亲那里继承下来的。幼年时代阿墨的母亲给他描述过一些奇奇怪怪的防空洞：比如入口在河底下，出口却在山里的那种工程啦；入口谁也找不到了，出口却在市政大楼的楼顶的那种啦；既没有入口，也没出口，但人们却可以追寻一种怪鸟的叫声进入，然后又自己在洞内用石头砸开一个缺口出来的那种啦；并非防空洞，只不过是夜总会的地下室，但在半夜有可能变成防空洞的那种啦等等等等。母亲爱讲，阿墨爱听，母子俩乐在其中。母亲在阿墨的少年时代就去世了，但那种传奇故事留在了他的记忆中。

阿墨在酒吧做调酒师。那是种夜晚的工作，白天里他无所事事。阿墨并非真的无所事事——他成为了一名调查灰城秘密人防工程的侦察员。侦察员的身份是他自封的，他的行动也是秘密的。自从沉浸在这项事业中去之后，阿墨感到自己的性情完全改变了，他觉得自己正在实现从儿时就开始建立的那个理想。

阿墨的睡眠不好，每天只能睡三个小时。起床后，他就走出公寓，去坐早班车到市中心的咖啡馆。那家咖啡馆的名字叫"堡垒"，从外面看去像一个半球。阿墨的密友连留在这里做主管。连留每次都让阿墨去地下二层的一个密室，那个密室是灰城的有钱人搞赌博的地方，白天里总是空着的。

虽然是地下二层的密室，坐在房里却可以听见地面的各种响动。从第一次来这里阿墨就注意到了密室的这个特点。第二个特点是，室内虽然装修设备高档，但他一坐进宽大的沙发，立刻身心都振奋起来，身上的每一个毛孔都处在警觉之中。

"阿墨，今天往哪方走呢？"连留随随便便地问。

"城市太大，都走得厌烦了。我今天想搞云游试试看。这房里有暗道吧？应该有的。"阿墨肯定地说。

"我确实不清楚。老板不会告诉我的。"

连留出去后，阿墨就拉上了所有的窗帘，房里变得像地窖一般。他坐在沙发里等待。他听到有一名歌女在上面的歌厅里唱情歌，不由得十分诧异：一大早，这人唱给谁听啊。那女孩确实唱得好，但阿墨越专注地倾听，内心就越紧张。莫非她是唱给自己听的？阿墨并不想恋爱，他的心思不在那上头。然而这种歌声在他心里激起的不仅仅是通常的情欲，还有种怪异的、难以名状的东西在里头。

正当阿墨处在激情澎湃之际，他听到房内响起了一个声音。是一张门被缓慢打开的声音，就在他的左边。

"阿墨打定主意了吗？路在你脚下。"

那声音很僵硬，像机器人发出来的。

"请问您是谁？"阿墨压低了声音问。

"你的仆人。也可说是你的朋友。我刚帮你打开了门，我要上去了。"

那人走了后，女孩的歌声达到了高潮，非常疯狂。阿墨感到心跳得很厉害。

他终于站了起来，摸到左边的那张打开的门，迈步走了进（出）去。

一旦越过那张门，所有的声音立刻消失了。他来到了一个消音的地方。他张了张嘴，发出几个元音，但他听不到自己的发声。他站在地道里，有不知从何处来的光照着地道一边的墙壁。那墙给他的感觉是无比的厚重。回头再看那张门，已经关上了。"路在脚下，走到哪里算哪里，不走也行。"阿墨对自己说。然后他就坐下来了。坐在地上过了好一会儿之后，他感到洞中的风景太单调：一人半高的洞，洞壁的一边被不太亮的光照着，另一边是黑暗的；既没有声音，也没有光线的变化。他隐隐地感到这是一个骗局，要打破骗局的话还得行动。阿墨每周三次来这个密室，只是为了让自己的头脑清醒，连留深知老朋友的需要。以往他总是坐在密室里倾听城市的呼吸，从那些杂乱的嗓音中分辨出某种新颖的旋律。然后他就离开密室，去城市里闲逛。闲逛也曾带来一些收获，不过总是零零碎碎的一些灵感，阿墨从未得到过满足。那么今天是怎么啦？是女孩的情歌唤醒了他体内某种沉睡的东西吗？他不清楚。他抬起脚就跨过了这张门，也并非胆大包天，虽然他听说过这种赌博密室里发生过许多阴森的事。他好像是兴之所至，又好像是受人诱惑。好像情绪简单平淡，又好像平淡底下有种复杂、刺激。反正他现在进来了。这个很像人防工程(也许是真的)的建筑内会有些什么，要靠他自己去探明。

他站起来，朝着洞里喊道："文羽长！文羽长！"

他喊了一个临时想出来的名字，但他听不到自己的喊声。不对，也不是完全听不到：他听见一些沙石从洞壁上滚下来了，这应该是由他发出的声波的震动引起的。他发出的声波居然这么有力！这一念头让他兴奋。

阿墨开始前进，因为那张门已打不开了，只能前进。这种听不到自己的脚步声的行走还是有点可怕的，可是他又不愿边走边叫喊，因为怕洞壁上滚下更多的沙石砸了他的头，也因为他要保存体力。阴森就阴森吧，将这里看作母亲所在的地方就会获得一些勇气。

大约走了一里多路时，通道就分岔了。一条通道向上，一条通道向下，坡度都不大。阿墨心里想，往上不就是我们灰城吗？所以他不想往上走，他要往下走。可是往下去的这个椭圆形通道里只有极其微弱的光亮，几乎要摸着洞壁行走。尽管行动困难，阿墨还是很兴奋，因为这是真正的探险啊。这样一直走，说不定会走到火山下面的熔岩地段去呢。

一旦他选定往下的通道，抬脚迈步时，他就可以听得到自己的脚步声了。周围开始变得吵吵闹闹的，像在上面的城市里一样。在这黑蒙蒙的通道里，也不知哪里来的那么多人，一股一股的声浪涌来，其中甚至夹杂了驴子的叫声和鹅的叫声，像是一个赶集的地方。阿墨用力回忆，然而不记得母亲讲过的故事里有这样一个地下的集市。

前面有一个人影朝他飞奔而来，一眨眼就撞到了他身上，一双爪子一样的手揪住他的胸口。阿墨看不清他的面貌。

"你硬要去的话，就只能从尸体上踩过去。心要硬，步子要稳。"他说。

"你是谁？怎么知道我要去哪里？"

"我是地下城的城管员。这里只有一条路，你还能去哪里？"

他揪着阿墨用力摇晃他，好像要将他摇晃得晕过去才罢休一样——他力大无穷。

阿墨气疯了，在他手上猛咬一口。他立刻"哎哟"一声松了手。

那人倒下了，但阿墨不知道他倒在哪里，因为他消失了。阿墨暗想，这是不是"从尸体上踩过去"呢？可他并没死，只不过是消失了呀。前方还在闹腾，居然听到了爆破声，像是爆破了一栋房屋的那种。他加快了脚步。有一个问题始终停留在他脑海中：如果先前选择那条往上的通道，会不会通到上面的城市里？现在情况紧急，不容他细想。他走了一段时间了，还是没到达前方的集市，那些喧哗像是一场又一场的演习，他看不到真实情况。有一刻似乎人群在溃散，到处是恐怖的尖叫，他感到脚下有黏糊糊的液体流过。难道是流血的战斗？

现在他有点累坏了，很想坐下来放松一下。这个念头刚一出现，那些微弱的光就从洞壁上消失了，在漆黑中用双手摸过去，发现洞壁合拢了——他已没法再往前去。怎么办？往回走吗？回到那张门，设法将门敲开，或找什么东西砸门吧。然而洞壁的前方还在闹，不止一个人在大喊："杀啊！杀出一条血路！"

阿墨不愿走回头路，他用双手仔细地摸索洞壁，终于摸到了一条窄窄的裂缝，他做出拳击的姿势，用双脚朝那裂缝猛踢过去。一阵哗啦哗啦的响声，水泥破碎腾起的灰尘呛得他咳嗽起来。好，他又可以继续前行了。仍然是那种微光射在壁上，仍然是椭圆形的通道。前方的战事好像已结束，现在是可怕的静谧。

然而并没走多远他就出洞了，眼前是灰城的证券公司。他是从公司侧面的地下车库走出来的，这个事实令他无比沮丧。

一位小姐从旋转门里面出来了，黄头发，眼圈涂得像熊猫。她主动招呼阿墨。

"墨先生，您是'堡垒'的常客吧？"她热情地问他，"我是歌手。"

"是啊。我觉得您面熟，却原来是早晨唱歌的那位。我想问您一下，早上那么早，歌厅里会有观众吗？原谅我的好奇吧。"

"您问得好。其实啊，我是唱给您听的。"

"唱给我听？太感谢您了。您怎么知道——"

"我当然知道您在附近。不，我并不确切知道。"她做了个鬼脸。

"请问您贵姓？我觉得我们已经是朋友了。天啦，这事多么离奇！"

阿墨困惑地说出这些话之后，发觉自己已经同她在人行道上走了一段路了。

"朋友？不，我从来不交朋友。"她断然地说，说完就朝一辆出租车一招手。

她钻进出租车，车子开走了。阿墨站在原地发呆。

"阿墨，你今天有点走神。"老板凑近他耳边说道。

"啊，对不起，我有点受凉了。"

老板让他坐在吧台后面休息。他坐下了，随手拿了一张报纸来看。但他看不进去，脑海里总是出现那歌女的脸。阿墨并不喜欢这种类型的女孩，但她的歌声确实与众不同。从后面发生的怪事来看，这女孩绝非寻常之辈。她要向他这名小小的调酒师传达什么样的信息呢？她也是赌博密室的常客吗？

"阿墨，你看谁来了？"老板对他说。

来人是连留。连留的头发弄得像个朋克。阿墨见到老友就兴奋起来了。他调好了酒，端到连留的面前。

"阿墨今天过得很愉快吧？"连留细细地端详他。

"这是一个什么样的圈套呢？的确很特别。"阿墨凑近去等连留解释。

但是连留什么都没解释，只是简单地对他说：

"密室里所有的门都是敞开的，为方便那些赌徒逃跑。"

他说完就哈哈大笑，笑得阿墨都不好意思了。

阿墨说他得去工作了，就站起来回吧台后面去了。他刚刚拿起报纸坐下来，老板又过来了。"阿墨，你的女朋友来了。"他说。阿墨说自己没有女朋友，老板就说也许是亲戚吧，样子怪可怜的。阿墨叹了口气站起来了。

是歌女，她坐在连留的旁边。阿墨看见她的一边脸血淋淋的，被割开一个大口子，也没有包扎。好像有血滴到吧台上。

"连留，连留，这是怎么回事？"阿墨凑近连留惊恐地问他。

"密室里的惨案嘛、阿墨不是已经经历过了吗？"连留说。

"我？我没有……我隔得远远地。不，我根本没经历过。"阿墨慌乱了。

"别慌。你瞧人家多么镇定！"

阿墨的脸在发烧，他瞟了一眼女孩，见她一动不动地坐在旁边，对周围的事完全无动于衷。阿墨立刻想起了密室里的那张门，那个人防工程。

"她是赌王吗？"阿墨对连留耳语道。

没想到女孩扑哧一声笑了出来。

"她不过是个端茶送水的。真正的赌徒是看不见的。"连留严肃地说。

"这世界真是日新月异……"阿墨调好了酒，放在她面前，纳闷地说。

女孩抓住酒杯，一口气喝干了。她用没受伤的那只眼睛瞪了阿墨一眼，从凳子上跳下，向门外快步走去。

阿墨找来纸巾和抹布，将吧台上的血迹擦干净了。

"你知道她在哪里受的伤吗？"

"当然是在人防工程里面。"连留轻描淡写地说道。

"这会影响她的工作吗？"

"不会。她唱歌时，没人会去打量她的脸。你是知道的，她是那种特殊的歌手，对不对？"

"对极了。我没有受伤，是因为幸运吗？"

"恰好相反，是因为不幸。我们这些凡夫俗子啊。"连留忽然抱住了自己的头。

他的懊恼那么深，阿墨知道自己安慰不了他。

过了一会儿，连留说他要上班了，就站起来走掉了。阿墨凝视着好友的背影消失在大门那里，他心里想，却原来连留和歌手是一伙的，他阿墨对于那个世界来说却是外人。那个世界不就是他想从地道钻进去的世界吗？他还自命为侦察员，可一直在外围转圈子。阿墨很害怕身体受伤，从小就是这样，所以当他看见女孩那血淋淋的半边脸时就感到很恐怖。是不是他的这个弱点导致了他在人防工程里只能听听远方战事的噪音？这倒真像连留说的，是一种"不幸"。阿墨的世界一下子变得暗淡了，他腿发软，失去了工作的热情。他拖着疲惫的步子回到了吧台后面。老板对他说，他今天已经做了不少工作，可以回家了。他嘱咐阿墨回家好好休息。

阿墨来到街上，一股冷风吹到他脸上，他立刻清醒了。现在还没到深夜，满街都是闪烁的霓虹灯，阿墨被灰城熟悉的活力所打动了。他不想回公寓休息了，但他不知道该往哪里走。以前探寻过的那些偏僻小胡同或城郊废弃的人防工程对他来说忽然失去了意义，他觉得自己一直在做无用功，没有到达他想去的地方。他之所以没有到达是因为他不知道那应该是什么样的地方。直到歌女出现在酒吧，连留又透露了一点内情，关于他长久以来在搜寻的地方他才似乎有了点印象。当然，这个印象也是靠不住的。

"阿墨老兄，这么晚了你上哪儿去啊？"烟贩子麦奇在他背后问。

阿墨这才发现自己已经走到"半球"附近了。他有点尴尬地对麦奇说：

"我是想回公寓去，刚刚送走一个朋友。"

"回公寓？干吗回公寓？这么美好的夜景，难道不应该及时行乐吗？"

阿墨注意到烟贩子说话之际他那双眼睛在阴影中像钻石一样发光。

"那么麦奇，你认为我该去哪儿呢？"

"当然是去'星际公园'，那里有数不清的夜市可以逛，数不清的排档可以吃！"

"星际公园？我从来没听说过，是新建的吗？"

"怎么会是新建的？这公园比你的年纪还大！"

阿墨觉得自己应该跟随麦奇，说不定这小贩可以打开自己的视野。他从前的那些尝试不是都失败了吗？

烟贩子兴致很高，领着阿墨在那些小胡同里拐来拐去的。他走的全是阿墨不熟悉的路。真是太奇怪了，阿墨一直觉得自己对于灰城的每一个角落都是很熟悉的，现在看到的却全是陌生的、怪怪的胡同，胡同里都没有房屋，都显得有点破败。

"到了。"麦奇忽然说。

阿墨抬眼一看，他俩已走出了胡同，来到了荒郊野外。

从他们立足的地方向前望去，连个电线杆都见不到，到处都是黑蒙蒙的。

"原来公园就是这个样子啊。"阿墨说。

"当然啦，要不怎么会叫星际公园？茫茫宇宙里的明珠啊。"麦奇自豪地回应他。

麦奇告诉他说，当年他在这个公园里自杀过一次，所以每次来都记忆犹新。他似乎很激动，连连追问阿墨对公园的印象如何，问了三次。

"我不知道，"阿墨说，"这里这么黑，什么都看不见，我只能说空气很新鲜。"

"对啊，"麦奇拍了一下手，"你的感觉没错！迎面吹来的是宇宙之风嘛。我的女朋友就是在这里失踪的。"

"原来是这样啊。她失踪了，你接着就自杀了？"

"不，这是两件事。我选择这里自杀，是因为这个位置好。"

"我明白了，你想进入宇宙中心。"

"谁不想？我的女朋友，还有你，都在想这件事，对吧？"

阿墨请麦奇带他进入公园，没想到麦奇拒绝了他。麦奇说，他俩只能各走各的，不然寸步难行，还会被那些看不见的小行星撞个头破血流！他说完就隐入了黑暗。

　　当阿墨迈开脚步往前走时，就听见了麦奇的声音在遥远的地方响起。那声音时断时续，听不太清，大意是要他不要看脚下，要有天上。阿墨抬头看天时，就看到了那些蝙蝠。它们的个头都很大，都飞得很低，发出呼、呼、呼的响声。他虽不看地面，却还是可以感觉到自己走在乱草丛中，脚步常被绊住。麦奇不再说话了，在这夜半时分的荒郊野外，阿墨能听到的只有蝙蝠发出的声音。阿墨不由自主地做了个深呼吸，他立刻感到了这里的空气非同寻常——它们将他的肺部彻底清洗了一遍。

　　他在星际公园没待多久天就亮了。天一亮，他就发现自己走在灰城的公路旁。

　　他一点睡意都没有，他要去"堡垒"喝咖啡。

　　在"堡垒"咖啡厅的密室里，歌女金子坐在桌旁看地图。她的一边脸包着纱布，看上去精神很好。阿墨和连留走进去时，金子连头都没有抬。阿墨打量了几眼桌上的地图，发现很陌生，不知道是什么地方的地图。

　　过了一会儿，金子抬起头，用一只手拍了拍地图说：

　　"阿墨，这就是你刚去过的地方。你感觉如何？"

　　"原来是星际公园的地图啊！"阿墨说，"我对公园里的空气印象深刻。那种地方——那种地方在夜里什么都看不见，一切事物都隐藏着……"

金子和连留一齐笑了起来，他俩称赞阿墨"真纯洁""求知欲真强"。

"那么，你还打算去那里浏览星空吗？"金子问阿墨。

"我不知道。"阿墨踌躇了一下，不好意思地说，"我的目标一直是人防工程。"

"星际公园才是最大的人防工程啊！"金子和连留异口同声地说。

"啊！让我想一想，这事很不一般……你们说得有道理，外面和里面……对啦，这是一个习惯问题。我母亲早年……"

阿墨说不下去了，因为一只大蝙蝠出现在他脑海里，他的思维凝固了。

连留招呼大家喝咖啡，他显然对这个话题兴致勃勃。

"你母亲是一位伟大的女性。"金子看着阿墨的眼睛一个字一个字地说。

"谢谢金子。这两天发生了一些事，我要好好地整理一下自己的思路。"

"整理吧，整理吧，你这个心事重重的男孩！"金子说。

她向连留做了个手势，两人一齐站起来离开了密室。

门一关上，阿墨立刻去看那张地图。可是地图已经变成了一张白纸。阿墨怀疑金子将地图拿走了。阿墨又去瞧人防工程的那张门，发现门也没有了，屋里只有一张门，就是他刚才进来的这张。他说了句"该死"，就将门打开一点朝外张望。走廊里静悄悄的，空气中有股外伤敷料的药味，可能是金子那包扎的脸部留下的。阿墨关上门，坐下来，心里有些委屈：这两位刚才完全将他看作儿童。他同他们的差距该有多么大！也许，他应该放弃对人防工程的探索，进入另一个世界？是时候了吗？

突然，外面走廊里响起了急促的脚步声，有好几个人在追一个什么人。其中一个大喊："抓住他！别让他跑了！"

阿墨将脑袋伸出门外，看见逃犯跑到走廊尽头，一脚踢开侧边的一张门，往里面一钻就不见了。后面追赶他的四个人懊恼不已。

"我没料到这该死的熟悉这里的禁区！"一个说。

"这回损失可大了，等于将暗道全部对外开放了！"另一个说。

"堡垒啊堡垒，你往往是从内部被攻破的啊。"第三个像唱诗一样说。

阿墨忍住笑，轻轻地将门关上。他听见这几个人从那里上去了。

又坐了好一会，没有听到任何动静。阿墨实在忍不住了，就向外走去。他轻轻地移动脚步，尽量不弄出响声。在走廊的尽头，那张门仍然保持着被逃犯踢开的位置，门里头黑糊糊的。阿墨犹豫了几秒钟，但还是硬着头皮走进了通道。

他刚一进去里面就变得通明透亮。却原来里面不是什么通道，是一个巨大的广场。那些奇怪的灯都像太阳一样耀眼，阿墨根本不敢朝它们望。尽管低着头，太阳穴还是一跳一跳地炸痛。"难怪说这里面是禁区啊。"阿墨对自己说。他觉得自己快要受不住这些灯光的照射了，他眼前已出现了很多红一块绿一块的东西。但是他能躲到哪里去呢？这水泥广场是一个巨无霸，看不到边际……他想起了逃犯，觉得自己只能拼命跑。于是他就跑了。他一迈开脚步就没有那么难受了，有一个声音在他耳边反复说："东边是虎，西边是鹰，你选哪边？东边是虎，西边……"阿墨听到这新奇的话语，两腿就增添了力量，他跑得更快了。他看见远方有一个小黑点，就将那黑点当作目标了。因为在心里觉得有可能那是逃犯。当他们之间的距离越来越拉近时，他终于看清了：果然是那个家伙！

现在逃犯干脆停下来了，他在等他。他们已跑出了广场，周围是树林。

"你这该死的逃犯，你想往哪里逃？"那人厉声质问阿墨。

"我、我没逃啊，根本没人追我。"阿墨回答。

"没人追你？你这速度是怎么回事？这是鬼魂的速度！你说你想往哪里跑？"

阿墨这才看清那人的脸：他没有五官！阿墨不知道他的声音是怎么发出来的。

"你——我，我——"阿墨步步后退，全身发抖。

"胡说八道。该死的逃犯，他们要来了！"

那人说完就跑掉了。

阿墨不想再跑了。他想，这个人说的"他们"是谁？他自己真是某些人的猎物吗？短短的一两天里，他的生活变得多么费解了啊！

他将目光扫向树林，认出了灰城的城市公园。那么，那人是说谁要来了？没有谁，也许是他自己心里的鬼魂吧。他不是说他跑得像鬼魂一样快吗？想到这里，阿墨就笑了起来。他觉得自己好像明白了一些事，但又有更多的昏暗的疑问在前方等待着他。瞧，那站在公园门口四处张望的不就是金子和连留吗？这两个人就是他心中最大的疑问啊。很多年以前，他以为自己了解连留，可他对这位朋友究竟了解多少？不管怎样，阿墨感到自己同这两个人开始了一种新的关系。在他心底，他既期望卷入他们的生活，又略微有些恐惧。

"金子！连留！"阿墨招手喊道。

他跑到他们面前。

"阿墨，我们要让你见识真正的赌博。"金子边说边用她那只好眼勾了阿墨一眼。

他们三人一块走出了公园。

狮 王

　　她的三层楼的小木屋盖在河边，是先前的猎人盖的。房子面对草原，背对河流——有点奇怪的朝向。草原的这一片是狮子的王国，国王阿非是她的情人。因为爱情，阿瑶搬进了这个无人的小木屋，开始了一月又一月的无尽的等待。

　　那天傍晚，满天都是灿烂的霞光。在河边的灌木丛中，她同阿非相遇了。阿非是一头精壮的中年狮子，阿瑶是身材匀称的中年女人。也许是因为他们都已经过了胡乱冲动的年龄，在相互迟疑地打量了对方几秒钟之后，阿非首先转过身，往河边喝水去了。然而阿瑶被镇住了。她从未如此近距离地观察过一头狮子——几乎触手可及。他的美征服了她。她发狂一般地奔向河边。在那里，她看见阿非已经喝完水，奔向他的营地去了。她坐在地上，对着那背影

"啊"了一声。一瞬间，阿瑶打定了主意，不再回考察队了。她一下子明白了，她要考察的是她自己。

阿瑶回到考察队待过一上午的小木屋里。她在厨房里找到了一大堆食品和面粉，还有做菜的橄榄油、盐，两个用来挑水的木桶和扁担。食品、面粉和油是队长留下的。阿瑶想，队长该包藏了多么诡异的心思！

她为自己做了面疙瘩汤，里面放了她采来的野菜。吃完饭收拾好厨房，洗漱完毕她就上楼了。三楼的卧室是她今天早上选定的，现在她仍要待在那里，因为可以从窗口望到很远的地方。这个时候外面很黑，只能看到一团一团的阴影，大概是那些灌木。草原并不平静，阿瑶听到一些奇怪的叫声，此起彼伏的，并不是狮子叫。视野的尽头有一点亮光，像是篝火。那个地方应是狮群所待的地方，怎么会有篝火？清凉的晚风吹来，她想起了阿非那令她神魂颠倒的身影，还有他那镇定的表情。也许他对她印象不深，但这不是她最想弄清的事。"爱上一头狮子，简直是匪夷所思！"她对自己说，然后笑了起来。是欢快的笑。

阿瑶在房里走来走去，脸红心跳地回忆着那一刻。她隔一会儿又到窗口去张望一下。当她张望时，首先映入眼帘的仍是远处的那一点小光。莫非有人在守夜？莫非一头母狮正在临产，需要人的帮助？抑或是一盏长明灯？如果没有那点光，那地方就只是黑黝黝的丛林。此刻，阿非在一边休息一边守卫吗？阿瑶听见有一只鸟儿飞进了房里，它绕了一个圈又从窗口飞出去了。也可能不是鸟儿是蝙蝠。它是大草原派来的探子，想到这种事也令她激动。

夜深了，天空没有星星，草原也要休息了，所有的骚动都平息下来。阿瑶决定上床去做梦。令她意外的是，她一合上眼就入睡了，一个梦都没做。

早晨从窗口射进来的阳光唤醒了她。她跳起来穿衣，然后下楼，她要去河边挑水。在厨房里梳完头，洗完脸，她挑着木桶出发了。她故意绕到灌木丛那边，因为心中渴望再次同阿非邂逅。当然这是不可能的。她只好挑着河水回木屋了。多么美的晨光，为什么狮子们不出游？她一共挑了两担水，都是绕到灌木丛那边，都落空了。吃了饼干，喝了一罐牛奶，她背上草袋出门了。她要去挖野菜。

她就在木屋附近工作，不敢去狮群所在的地方。因为那是非常危险的。即使在干活，她也不断地将目光投向东边的丛林，期盼着阿非从那里走出来。她想，如果他过来了，她就要奔向他，这是一定的，否则还能怎样？

她只认识一种叫冰菜的野菜，这草原上到处都生长着它们，昨天她就注意到了。不到两小时，她的草袋就装满了。今天是个阴天，阿瑶喜气洋洋。她打算去河边洗野菜，然后她还要在那里等阿非。也许他不会来，但是她要等。

洗完野菜后，她就坐在那片灌木丛里等待。约莫等了一个小时，她起身回木屋去了。还没走到木屋，便听到野兽奔跑的声音，于是她又往河边跑。啊，不是阿非，是两只豺狗。她垂着头，失望地回去了。

中午她用细长的玻璃瓶擀出了面片，又做了一碟冰菜，就着队长给她留下的牛肉干吃了起来。吃完后，她感到自己的精力无比的饱满。她离不开草原了。如果粮食吃完了，她打算坐那些考察队的小船去城里再买些来。

在三楼的卧室里她小小地睡了个午觉。一起来就听到了各种叫声，好像是空中的鸟类发出来的。她站在窗口高声叫喊：

"阿非！阿非！"

阿非这个名字是考察队给狮王取的。队里的每个人都见过他，包括阿瑶。当然只是隔着玻璃远远地见过。那时她还没领略到狮王的神秘的美。

狮王听不懂人的语言，阿瑶的呼唤没有回应。尽管如此，阿瑶还是沉醉在这种单恋之中。在窗外，一些蓝牛羚跑过去了，它们行色匆匆，仿佛有任务在身。太阳已经出来了，阳光正在偏西。阿瑶一边写日志一边等待，她要等到昨天那个时候再去河边。狮王每天都有繁忙的工作，他被那么多的母狮围绕，还要保卫家园，当然不可能记得自己在某个黄昏遇见过一个人。阿瑶想，如果要让阿非注意自己，她就得接连几次与他在同一地点相遇。熟悉的氛围终将复活他的记忆。她写完日志，又将房子仔细打扫了一遍，将水瓶里插上野草。坐下来休息时，她感到那个时刻临近了。

朝窗外一看，又是满天的晚霞，阿瑶的心颤抖起来。

然而她没能等到他。他换了一个地方喝水吗？

太阳落下去了，草原上变得阴惨惨的。阿瑶对自己说，幸亏有木屋，她可以从窗口望向他所在的地方。匆匆地吃了简单的晚饭，洗了个澡，她就上楼了。

窗外又是同样的景象：一点小光；黑黝黝的丛林。她隐隐地感到长明灯不是为临产的母狮而亮。那么，是为了什么而亮？她不能到那里去查明真相，因为她是一个人。对于人来说，狮群的领地是很危险的。她回忆起阿非的眼神，那种因为意外而微微有点疑惑的目光。当然，狮王是冷静的，他敢于面对一切。奇怪的是她这个人居然也毫不慌乱，完全没有意识到危险。这就是真爱啊。可惜阿非不知道。

阿瑶睡到半夜醒来了。走到窗口，她看见那盏长明灯有了变化：先前的小光变成了一大团光晕，光晕的正中似乎是一个模糊的影子在动。她努力想看清那影子，眼睛都看痛了，还是没能猜出那是什么。狮群的夜生活对于她来说是个谜，很可能狮王阿非夜里是不睡觉的。"而我睡得像死了一样！"她大声责备自己。她感到长明灯的变化是狮王内心的活动所致。

又是一天到来了。清晨，太阳还没有升起，她就来到了河边。一艘快艇停在岸边，有人吹了一声口哨。是尤乌。他还是那么英俊，两眼像星光一样闪烁。

"阿瑶，我过来看看你有没有什么需求。你看，我带来了荞麦面条和芝麻香油。"

"哈，太好了！尤乌，你总是想得这么周到。"阿瑶眉开眼笑。

"因为是你一个人留在这里啊，我不放心。"

"谢谢，谢谢。我太喜欢这里了，短时间不会离开。"

尤乌离开时恋恋不舍地望着阿瑶，直到阿瑶转身离去。

"为什么我一点都不爱尤乌？"她边走边想，轻轻地说了出来，"可能是因为他太像我了吧。我总是能猜透他的想法。"阿瑶有点苦恼，因为梦一般的清晨的奇境被美男子尤乌的出现冲破了。

将面条和香油拿进厨房后，她在门口坐下了。木来她打算今天在屋前屋后栽花，她把种子也拿出来了，但此刻却又改变了主意。她心里隐隐地不安，似乎生怕错过了什么。向对面望去，可以看到模糊的母狮们的身影，它们走出了丛林，也许正在打算去狩猎。阿非会出来吗？

坐了一会儿，阿瑶听到屋后传来奇怪的响声，便绕到后面去查看。

天哪，居然是尤乌！他没有离开，他在屋后挖土，他要帮她栽花。

"阿瑶，我放心不下你……你不能试着爱我吗？"他垂下眼睛说。

"不能。"

"啊，没关系。谢谢你告诉我。我要做你的好朋友。"

"好。"

阿瑶回到木屋，拿了草袋和小铁铲去挖野菜。她觉得尤乌会留在她这里吃饭。她顺着熟悉的小道走，很快就采集了足够的冰菜。然后她就返回去挑水。劳动使她的心情变好了。

当她来到屋后叫尤乌去吃饭时，尤乌却不见了。他的锄头扔在挖松了的那块土壤旁边。阿瑶心里生起不祥之兆。

"尤乌！尤乌！尤乌……"她声嘶力竭地喊叫。

没人回答她，只有风。她奔向河边。

快艇停在河边，但船上没有他。她又搜寻了灌木丛，她的疯狂的眼中出现过狮子的模糊的身影。不，不是阿非！他只是有点像阿非罢了。

她又赶回木屋，一路上不停地喊叫。

木屋里面也没有他。突然一个念头钻进她的脑海："也许我做好饭，尤乌就回来了。"于是择冰菜，洗冰菜。这时她听到有人在轻轻地敲门，于是激动地舒了一口气，走过去开门。

然而并不是尤乌，是考察队的一个小孩，丽娜的儿子森。

"瑶阿姨，我看见他了。狮王叼走了他。我喊了又喊。"森说。

阿瑶腿一软坐在了地上。

"森，森……"她喘着粗气说，"怎么回事？你怎么在这里……"

"我是同尤乌叔叔一块来的，你没有看见我。我不能回城里去了，因为尤乌叔叔被叼走了，大家要骂我的。呜呜呜……"他大哭起来。

阿瑶铁青着脸，机械地做饭。她觉得去找狮王是没用的，而且现在她对森的生命安全也有了责任。

"森，森！来吃荞麦面条！"

他俩相对而坐。她觉察到森一边吃饭一边偷偷地窥视她。这个狡猾的小家伙，他在想什么？也许尤乌没有死？

"你觉得尤乌叔叔已经死了吗？"她问他。

森用力摇头，说不可能，因为他同狮王离开时，他还向他挥手呢。

"向你挥手！"阿瑶吃惊地说，"他是自愿被叼走的吗？"

"我不知道。"森迷惘地说。但他很快又激动起来了，提高了嗓门说："狮王的鬃毛是金红色的，我看见它们飘起来，真漂亮啊！"

"那么，你想成为狮王的朋友吗？像尤叔叔那样？"

"想，不，不想，我怕死。我才十二岁。"

不知为什么，阿瑶感到这小孩诡计多端。

吃完饭，阿瑶催森去二楼休息。可是森说他不在这里睡觉，他要到快艇上去睡，那里更安全。阿瑶在心里嘀咕："真是个自私的小孩。"她又好气又好笑。

外面暮色苍茫，阿瑶陪森去船上，她边走边因为伤感而流泪。

"瑶阿姨，你回去吧。我要上船了，我一上船就点好煤气灯。你要是不放心，下楼就可以看到我的灯，你就会知道我很好。"他老到地说。

阿瑶站在河边，看见森果然在船舱里点亮了灯。这条船真大，狮子也装得下啊。她想。她转过身，又一次走进了灌木丛。

"尤乌，尤乌，你为什么要这样处罚我啊！"她哭了起来。

她不相信他死了，这里面有些蹊跷。

回到木屋，她立刻爬上三楼。

对面的那盏长明灯又变得更亮更大了，那光晕的形状像一顶降落伞，伞里面有个人影在动。阿瑶感到那人影很像尤乌。对，就是他！她熟悉他的那些动作。啊，他还活着！狮王要让他干什么呢？被封死在动物的黑暗世界里的狮王，也许内心并不黑暗？那一天，他不是没有吃她吗？也许他因为一瞬间的好奇心忘了吃她。他的确很不一般，所以自己才会这么迷恋他啊。不是就连森……她想不下去了。

她就这样坐在窗前，紧张地、泪眼蒙眬地盯着那盏灯，那一片领地。

"阿非……尤乌……阿非……尤乌……"她轻轻地唤道。

夜深了，她突然记起了森。她放心不下这个小孩。

楼下已经有几分凉意，她一阵阵地发抖。站在去河边的路上，她看见了点亮的煤气灯。奇怪，森立刻走出船舱了。

他大声喊道：

"瑶阿姨，你快来吧！尤乌叔叔给你捎了东西来了！"

阿瑶的心猛跳起来，也不发抖了，立刻往河边跑去。

上了船，她气喘吁吁地问森：

"东西在哪里？尤叔叔在哪里？啊？你卖什么关子嘛！"她勃然大怒。

森愁眉苦脸地从他的行军床的枕头下面拿出一包东西递给她。

天哪，是五只光彩夺目的手镯！南非钻石！

"我不要。他在哪里？快告诉我！"阿瑶冷冷地说。

"他回不来了，他没有了！"森又一次大哭起来。

"别哭了！谁给你的这个？？"她大喝一声。

"我不知道。"他眼里满是惊恐。

"那你怎么知道是尤叔叔给我的？啊？！"

"我在梦里看见戴头巾的人，他交给我这个，他说是尤叔给你的。他还说了，你是非洲国王的王后。他还说，尤叔已经没有了，要我自己回家。"

阿瑶歇斯底里地大笑起来。她笑了又笑，止也止不住。森害怕地靠近她，拉住她的手轻轻地唤她："瑶阿姨！瑶阿姨……"

过了好一会儿她才控制住自己，铁青着脸对森说：

"拿钻石手镯给我。"

她挽起袖子，将那五只沉甸甸的手镯都戴在右手臂上，问森：

"像不像？"

森拼命点头，一个劲地重复说：

"像，像！太像了！像，像！太像了！"

"你怕死吗？"她又问森。

"我、我怕。不，"他突然提高了嗓门，"我不怕！！"

"你不怕也是徒劳。你得待在船上，等着回去报信。"

　　阿瑶怎么也没想到从木屋楼上望去离得并不远的狮群领地竟是如此的遥远。那是一条笔直的小路，她黎明时分出发，已经走了整整一天，现在太阳已落下去了。她烙的那些饼都快吃完了，水壶里的水也快喝光了。看着远方那模模糊糊的树林，她在心里打定了主意：如果走不到，便就地休息。她还在背包里塞了一个小枕头呢，像鬼使神差一般。在出发前，她在三楼最后一次向那地方望去，发现长明灯已经灭了。她感到自己的心脏抽搐了几下，很疼。

　　她是去找尤乌遗体的。她想，总还会留下头盖骨或是腿骨、盆骨之类吧，她学过解剖学。在昏头昏脑中，她觉得，如果狮王阿非连她也吃掉，她也情愿。她的这种邪恶的激情会不会中止于一场杀戮之中？在极度疲劳时，她会咬牙将右臂上的手镯高举起来，她希望钻石的光芒抵达狮王的眼中。现在星星又出来了，她却还没有睡意。奇怪的是，当她转过身来时，木屋的灯光依然在前方闪烁。草原上的距离真是难以预测啊。当她此刻再回忆狮王看她的眼神时，她突然一下感到了那冷冷的眼神中的一丝厌倦。却原来是这样啊，她万念俱灰，坐在了地上。可是过了一会儿，仅仅一会儿，激情又高涨起来。她站起来，高举钻石手镯，在空中划了几个圈，然后继续往前走。看来今夜是走不到了，走到哪算哪吧。

就在她耗尽了全部气力，打算在路边的草丛中躺下来时，前方忽然出现了六只狮子的身影。它们的眼睛闪亮着。是阿非和他的母狮们，大家一字儿排开，停在原地不动。阿瑶立刻兴奋起来，忘记了疲劳。

阿非过来了，挨近了她。她闻到了兽皮的味儿，她的手触到了那些白天里看起来那么美丽的鬃毛。她身不由己地坐了下来，于是阿非用鼻子嗅了嗅她的脸。阿瑶闭上了眼，她觉得自己很快要死了，她像耳语一般地说："阿——非。"说完后她居然变得很镇定了。她睁开了眼，但阿非已不在眼前——六只狮子正向前方奔跑，她闻到了灰尘的气味。她感到狮群已经接纳了自己。可是它们是她的仇人啊。她躺在草丛里，这是真正的精疲力竭。她睡着了。

她醒来时天刚亮，她记起了森，立刻惊跳起来。

她尽自己所有力气奔跑着，只听见风在耳边呼呼地吹过。

终于到了河边。森不在河里，那快艇已经开走了，也许是丽娜将儿子接走了。阿瑶松了一口气。汗湿的衣服贴着她的背，她打着冷噤。她得马上回家。

　　进屋前她又到屋后看了一下。那把锄头仍然躺在挖松了的土壤里。她将锄头捡进屋内。她本想坐下来哭，可发现自己已流不出眼泪了。她的身体又燃烧起来。她换了衣服，爬上三楼。窗外阳光普照大地，草原上传来各种鸟叫。丛林那里有几只狮子的身影出现，好像是母狮，它们都不是阿非。她低下头，将手臂上的手镯褪下来细看。多么美丽的钻石啊！这光芒应该是来自尤乌那颗热烈的心吧。为什么她还是一点都不爱他？就因为她不爱他，他对她失去了信心，才走进了狮群。他用这种方式让自己永远记住他。"傻瓜，尤乌，你傻啊。"她反复念叨，喉咙里发干。她将五只手镯用原来的蜡纸包好，收进抽屉，从心底感到从今以后再也不会有宁静的生活了。一切都已乱套，只因河边那次半分钟的邂逅。

　　白天里，她像机器人一样在屋里走动，脑袋里轰轰作响。她洗了个冷水澡，胡乱吃了几个煎饼，就上楼了。她放下窗帘躺在床上不动，但全身还是如同火烧。她是一个人，不是狮子，阿非不爱她。她在心里一遍又一遍地强调这个事实。

　　第二天……

　　第三天……

　　第五天……

　　十天后，她慢慢地平静下来了。

她开始将木屋当成她的家。她要熟悉草原的气候，适应这里的环境。她要在日晒雨淋中让自己的皮肤变得粗糙。除了种花，她还要在木屋的周围种些粮食和蔬菜。当然，她最想做的，每天都要做的一件事就是，在黄昏时去河边的灌木丛里等待阿非。她知道阿非还可以活好些年，她可以一次又一次地同他相遇。她，终于熬出来了。有时有考察队来到小木屋，给她捎来一些日常用品。有时她自己坐考察队的船去城里买些吃的喝的。她的需求很低。

　　阿非很少来她的木屋这边，迄今为止，他仅仅来过两次。也就是说，除了那个第一次，后来他只来过一次。后面这一次他大概停留了不到一分钟。

书中宇宙

　　我今年六十四岁了，我生着一张娃娃脸，脸上几乎没有皱纹。常有人问我，桂姨，你是如何样保持青春的？我坐在房里独自思忖这件事，觉得可能是因为我心里总是涌动着一种年轻人才有的激情吧。我住在这栋房的顶楼，第六层。我总是坐在窗帘后面观看下面的这个院子。院子里有三棵菩提树，人们在树下走来走去的，他们脸上的表情既像心怀鬼胎又像不谙世事。住在这栋楼里的都是些中年人。我为什么喜欢观察我的邻居？当然不是因为退休了闲得无聊，我做这件事是全神贯注的，并且一点都不感到枯燥。可以说恰恰相反。如果他们知道了我的兴趣，说不定会大发雷霆。但我不会让他们知道的。我在楼下同他们相遇时总是很镇定，从不盯着他们的脸看。其实啊，当我与人面对面的时候，我的激情就消失了，并不是我在克制自己。

　　有时候，我也会手捧一本书，一边读书一边观察我的邻居们。我看着书上的句子之际，猛一抬眼，发现菩提树下的蒋二嫂已经留起了长发，那张丝瓜小脸被茂密的青丝遮住了一半，有点像戏剧里的女鬼。她走出大门，走到街上去了。要留出一头长发，至少得一年半时间吧。但对于我来说，蒋二嫂好像是突然就长出了长发。可见我平日里观察她时将头发这一部分省略了。仔细想一下，蒋二嫂留长发这事还是很有意思的。刚才我看见她的时候，她将嘴唇涂成了紫色，她是不是在演戏？

蒋二嫂出去之后，院子里来了苍哥。苍哥在四十到四十五岁之间，孔武有力的形体，紧皱的眉头。他在树下打太极拳，但并不是一心一意地打，而是打一阵，又停下来东张西望一阵。他是不是在等他的情人呢？我知道他是鳏居者。我记起来了，我在这里住了几十年，从未见到他有过情人。不过他也是可以改变的，所以难说。瞧，他在追逐一只红蜻蜓，那小东西忽上忽下，苍哥发了狂似的，还脱下汗衫去扑它。赤裸着上身的苍哥那么聚精会神地做这件事，是在同红蜻蜓调情吗？

看完这两段插曲，找的思绪又回到了书本上。这本书的主题模模糊糊，我始终抓不住要领。书中写到一架失事的飞机，这架飞机从京城飞往南方，然后就消失了。书里的描述反反复复地围绕起飞和降落这两个过程展开：起飞时的天气状况啦；机舱里有多少乘客啦；机组人员的男女比例啦；机场跑道的繁忙程度啦；青年机长的个性啦等等等等。然后是降落。地面的浓雾导致无法降落，飞机只好反复拉升、下降，拉升、下降……就像中了魔一般。最后到底是否在机场降落，机场又是哪个机场，这些细节全都模糊不清。作者似乎过于沉醉于自己的讲述，干脆抛开读者自己进入了历险，让一切都不了了之。我每看一章，又得翻到前面去寻找那些未被注意的描写，从那里头找出些线索来。我感到这种阅读倒很适合我这种人。我这种人又是什么样的人？大概属于喜欢吹毛求疵的那一类老年妇女吧。比如这本书，书名叫《幸福的旅程》，我很喜欢这个书名。一个莫名其妙的航空事件，却称之为"幸福"，如果不是像我这样吹毛求疵，又怎么会刺探得到作品中的奥秘？我最喜欢读这一类的文学书，也喜欢在读书的同时观察我的邻居，这两项活动总是同时进行，颇有些相得益彰的意味。

现在从大门那里进来的不是中年人了，是一名中学女生，她是四楼那位市政公司的保洁员的女儿，名字叫玉玉。玉玉垂着头，看上去很伤心的样子。她走到树下，将书包扔在地上，一下子就爬到了树梢。她像猴子一样灵活。她用两条腿夹着树枝，像睡着了一般停在那上头。我有点担心她，毕竟那树枝不粗。我无声地叹了口气，从窗前走开去，又回到我的书本。这里有一段很有意思的描述：空姐问男子要喝哪种饮料，男子回答说："所有的。"空姐拿起苹果汁，问他是不是他所要的，男子断然地说："不！"空姐满脸疑惑地离开。后面的旅客见到空姐的窘境，轻声地安慰她说："坐这趟飞机的，全是些贪得无厌者……"我在想，玉玉小小年纪，也学会了贪得无厌吗？院子里有人在哭，我跳起来冲到窗前。不，不是玉玉，是一名陌生的小男孩，他的花公鸡发瘟病死掉了，他抱着鸡边哭边向外走去。再看菩提树的树梢，女孩已经不在那里了。我对自己说，桂姨，这下你满意了吧？

我在农贸市场买小菜，有人在我身后叫我。

是苍哥。他也在买菜，他的篮子里有条鱼。

"桂姨，天气一天天热起来了啊。"他说，有点忸怩地看着地下。

"是啊，苍哥你还是每天坚持锻炼身体啊，很好。"我在鼓励他。

"可是桂姨，我这样坚持并没有什么效果。"

"你要达到什么样效果呢？啊？在我看来你的效果显著！"

"啊，谢谢你，桂姨！你的话让我信心百倍了。"他由衷地说。

我扑哧一笑，快步地走到人群里去了。我心里想，这个人啊，也是那飞机上的一名旅客呢。我得赶快，不然没法登机了啊。

当我回到家时，苍哥已经穿好练功服在树下打太极拳了。在他的旁边有中学生玉玉，还有那个小男孩。他的花公鸡死了。这三个人都在一丝不苟地做动作，沉浸在太极的意境之中。尤其是两个小孩，动作惟妙惟肖，中了魔一般。他们什么时候和苍哥学习了太极拳？我怎么一点都不知道？还是他们本来就会这个，不比苍哥差？地下有个音响，放着古老的音乐。我站在原地看呆了。但楼里的人们并不注意这三个人，他们出出进进，好像没看见他们一样。难道这三个人此刻在另一种空间里，只有我一个人看得见他们？瞧这小男孩，穿着小小练功服，抿着嘴，他的身体像要飞起来了一样。还有玉玉，这喜欢哭的中学生，此刻脸上的表情多么严肃！他们都不朝我这边看，他们的注意力太集中了。这是否就是"幸福的旅程"？我想到人生中有些事并不用学习，是人天生就会做的……这样一想，《幸福的旅程》这本书里头的那个神秘的事件之谜似乎隐隐地浮出了某个答案。哈，苍哥这小伙子，他才是我的老师呢。

"桂姨，你买的蔬菜很新鲜。"苍哥对我说。

却原来他们已经打完了拳，那两个小孩已不见踪影了。

"苍哥，他们这两个小鬼是同你学的吗？学了多久了？"我问他。

"同我学？不不，我还要向他们学呢。他们比我打得好得多了。"

"奇怪，没见他们跟别人学。难道是天生就会？"

"对呀，你说得对！正是天生就会。"

苍哥说这话时满脸全是喜悦，就好像是他自己中了彩票一样。

我洗完菜煮好饭，又坐下来读书了。现在院子里一个人都没有了。不知为什么，我却看见空中有一些人向我们楼这边走来，他们似乎是从一个山坡上下来的。这些模模糊糊的人影，是不是就是那些失踪的人们？我们这栋楼成了世界的中心了吗？哈，这些波澜不惊的人们，该有多么了不起。在第二百三十五页上有这么一句话："太阳落山时，同舟共济的人们各得其所了。"我恋恋不舍地合上书本，心里还在与书中的角色对话。走廊里有小孩在喊"乌拉"，为了什么事兴奋至极。我，蒋二嫂，苍哥，玉玉，彭爹等人，我们之间的直接交往不多，但我们一直在"同舟共济"。是这样吗？这些围绕菩提树发生的事就是证明啊。

我吃饭的时候，走廊里的那些小孩子还在闹腾。我好奇地走过去打开门向外看，我看见了玉玉，但只有她一个人。我怎么听见有好几个人呢？玉玉看见了我，就朝我跑过来，边跑边大声说：

"桂大妈，我要出门旅行了！"

"玉玉去哪儿？能告诉我吗？"

"不能。等一会儿我就走了。您能帮我通知我妈妈吗？"

"我也不能。那样的话你妈妈会认为我同你合谋了出走的事。"我认真地说。

"真糟糕！真糟糕……"她跺着脚沉痛地说。

然后她就下楼去了。

我吃完饭，心里还惦记着玉玉的事。她当然可以独自旅行，她是个大人了。我为什么要说"出走"这两个字呢？我真卑劣，我总想撇清自己的责任。

我走进玉玉家，却看见女孩坐在窗前绣花。

"桂姨啊，这是今年的新茶。"保洁员小宋递过来一杯茶。

第二天，第三天，玉玉照常去上学。大概她已经旅行过了——因为我将那本《幸福的旅程》送给她了。"那就像，就像黑暗处突然打开了一扇门，你看见了那条路。坐在家里就可以旅行了。"她涨红着脸说。

我想，天生就会打太极拳的小孩，有什么事她做不到？

另一本书的书名叫《平凡的小事》。我开始读这本书。这些日子，楼下的院子里变得有点热闹了。除了太极拳，还总有一小堆一小堆的人站在那里议论什么事。什么事呢？因为从他们那茫然的表情里猜不出，我干脆放下书本去下面偷听。我当然要装作不是偷听的样子。

有一个人在说："我还没来得及——"

另一个人则说："跟着太阳转——"

还有个细小嘶哑的声音说："人啊人——"

所有的人都似乎只说半句话。我不能在他们的圈子外久留，就向外面走去。我刚走到门那里就听到有个人在说：

"你读过《平凡的小事》这本书吗？那可是——"

我连忙回转身看过去。是谁在说话？猜不出来，他们都在忙于讨论自己感兴趣的事。我打消了外出的念头，往家里走去。

当我再次打开书本时，书中的人物和背景就变得亲切起来了。实际上，这本书我以前也翻过，总是觉得很隔膜。比如这位养鹅的老人，每天早上睁开眼后的第一件事就是去看他的三只鹅。他的眼睛已半盲，只有一点点视力，但他坚信自己能看清他的宠物。这位老人很可能在院子里的人群中，他也像那些人一样要表达心中的热情，可又找不到恰当的词汇。妙极了，不是也有一个人正在读这同一本书吗？我注意到有一些人并不是这栋楼里的，他们来到这个有菩提树的优雅的院子里，就是为了来对朋友们说一些很特别的，也许对他们来说是十分重要的话。如果我想听懂他们的话，就必须做他们的知心人。就在此刻，当我走到窗前再次往下瞧时，我觉得自己已经有一点知心人的风度了。

《平凡的小事》这本小说我读了很久。我不断地有新的收获，因为与现实中的人和事对号入座的机会越来越多了。我并没有刻意地去对号入座。往往是，我碰见一个人，同这个人说了几句话，或者竟根本没同他说话，几天后他就跳进书中来充当角色了。故事还是我熟悉的那个故事，但完全不同了，它触动了我的心弦。我常想，如果我离开了我们这个菩提苑，也许就再也读不懂我收集的这些美妙的小说了。

在回家的路上碰见保洁员小宋，她高兴地对我说：

"桂姨，谢谢你啊！"

"为了什么？"

"当然是为了玉玉。她现在成了业余演员了，她说是你教她的。"

"不对。应该说，她本来就有当演员的天分。"

我同她对视了一眼，两人都心花怒放。

我想起了玉玉打太极拳的样子。我收集的这些小说里面有一些古怪的谜团，它们往往要到我周围的这些人身上去找答案。这类事我尝试过好多次了，总能成功。比如玉玉这个小孩，她就是从我所读的《幸福的旅程》这本书中的中心话题里走出来的。她找到幸福了吗？答案是肯定的。我们这栋不新不旧的居民楼，楼里面的不新不旧的人们，竟然隐藏着如此多的谜团，想到这一点就令我感到不枉此生。我，一名退休者，已经度过了几年这种自由的生活了。我是进入老年之后才形成这种读书的模式的。这种模式虽然有点鬼鬼祟祟，可的确其乐无穷！再说书籍是个好东西，尤其是充满了谜团的小说类，玉玉不就因此受益了吗？

苍哥在院子里说话。几天不见，他的样子完全改变了。他的头发梳得整洁又精神，沉稳的态度散发着中年人的魅力。

"我愿意做守护人的工作。再说除了我，这院里也没别人更适合了。"

他在大声对一楼的吴姐说话。吴姐在自家窗前赞赏地笑着。

守护？守护什么？大概我们这栋楼里总有些什么需要守护的吧。我们这些人家，大约每一家都有一点小小的秘密。如果苍哥这样的人来帮我们守护这些秘密，谁还会不放心？他是一位真正的君子！

《平凡的小事》这本小说里就有这样一种忧虑氛围笼罩着人心，那里面的人物似乎心里都有种说不出的苦恼。

"我怕我说不好，反而……"

"这可是很严重的问题啊。真的没有办法可想了吗？"

"这种天出门，不是太冷了吗？"

书中充斥着上面这类对话。我这名读者心里也蒙着雾。然而我的邻居苍哥出现在背景中了。他在大声说着什么，双手比画着什么（一双男子汉的手），于是人们脸上的愁容逐渐展开了……是啊，菩提苑的苍哥，我的这位好邻居，不知从哪一天开始，已成了我们的守护人。让我们支持他，信赖他。

读到这里我就出汗了，因为不知不觉的兴奋感。人人都需要守护，对吧？如果那守护人是住在同一栋楼的邻居，你就福星高照了。我合上小说，想象着后面的情节转折。苍哥在背景中的现身一定会带来变化，我这样想。

因为白天里经历了一些兴奋的瞬间，我在半夜醒来后就再也睡不着了。为什么不到楼下去走一走呢？白天里，这院里是邻居们的活动场所，充满了烟火味，也吸收了各式各样的秘密。我之所以很少在它里面停留，是因为我更愿意做一个旁观者。当然，我这样的旁观者并不是真正的旁观者，我是在演"两幕戏"呢。想到这里，我就穿好衣服下楼了。楼道里虽然有顶灯，但我的脚步声不知为什么有点阴森。

我来到了菩提树下。我站立的地方黑黢黢的，只有靠围墙边上亮着两盏地灯。树干上有一点白色的东西，很扎眼，会是什么？哈，原来是一张纸，折成一个便条。是谁将留言插在树缝里？一定是一位心事重重的人吧。我取了便条，展开来，拿到地灯那边去看。没有留言，什么都没有。当然也不是恶作剧。那么是什么呢？我觉得应该是一种深情的表达。我将纸条按原样折好，重新插进树缝里。黑暗中，那纸条就像一只素色蝴蝶，还随风微微地颤动呢。这深夜的使者，带给我美好的遐想。

围墙外的街上响起了扫帚声，是环卫工。沙，沙，却原来新生活总是从半夜开始的啊。我以前不知道。

"绿姨，您真早啊！"我对她说。

"半夜里起来工作，特别有灵感。"她笑着说。

她已经把整条街扫完了。也许今后我就会领会到她的灵感了。

我轻轻地上楼，我的脚步不再阴森，它变得有点像那扫帚擦在柏油路上的声音。我躺下不久，睡眠就像阳光下的河水一样盖过来了。

最近我读的一本书书名叫《狐狸》。这是一本有趣的书，但书中的内容同狐狸这种动物毫无关系。这是一个什么样的故事呢？好像书里面并没有故事，只有一些散漫的、难以捉摸的抒情。一开始，我也并不知道它抒的是哪种情。尽管如此，我还是凭我的老经验看下去，因为我喜欢别出心裁，但又真正有情要抒的那类小说。时间一天天过去，我还是没能进入这本书的境界。我只是同那里面的某些氛围，某几个角色越来越熟悉了。比如住在城郊垃圾场那位名叫青李的姑娘，她上班的地方是在城中心，但却钟情于垃圾场边上的小木屋，每天来回要倒几趟车。既不方便，生活质量又不高。究竟是图个什么呢？还有，书里提到有一个奇怪的篮球场，是市政公司建的，就在百货大楼的后面。每天黎明前，住在篮球场旁边的居民们当中总有几个被喧闹声吵醒，就像球场里在竞赛一样，咚咚咚的拍球声、喝彩声不断。有两名忍无可忍的男子去球场调查过，却又发现空空的球场安静得很。然而当他们过了些天，差不多将这不痛快的事忘了时，旧戏又会重演。那咚咚的拍球声进入到他们的梦里，他们在各自的家中就像遭了雷劈似的从床上跳到地上，口中哇啦哇啦乱叫一阵。那种激情在他们以往的生活中从未有过。每当看到这类情节，我就会忍不住在心中暗笑。我喜欢这样的小说，也喜欢作者描写这种情节的心态。

"桂姨，今天有个人向我打听您，说要来拜访您。"小毛对我说。

"他是谁？"

"我的同学，一个毛头小子。您要是忙，可以不见他。"

"不，我不忙。我愿意见他。"

我在家里一边看书一边等，但那小孩没有在约定的时间到来。我并不失望。十五岁的男孩，心里会藏着一些什么怪念头？这本小说里头就有这样一名青年，对周围的人和事兴致勃勃，却从不同人深交。"你说的这个地方多么神奇！我非去看一看不可。你得给我带路。""你是建筑师的儿子？城市的守护者的儿子？我得马上去见你的父亲！"这名青年最喜欢说这一类的话，熟悉他的人都不会将他的话当真，因为他说过之后就忘了。我认识那小孩的父亲，这位中年人也住在我们楼里。他姓曹，是修水管的工人，平时很忙，他也帮我修过水管。他是一位高尚的人。我这样说到他并不是有什么特别的事例触发我，只不过是一种直觉。那么，他的儿子，这位小曹，会不会也成为一名高尚的人呢？我听小毛说，小曹打算将来继承父业。还有，他的性格不像父亲那样开朗豁达，而是相反，很内向。很内向的年轻人适合开店做修理吗？应该可以吧。

我并没有忘记小曹，也没有经常去想他。

大约过了两个月，有一天，我从书店出来，一个羞怯的、有点迟疑的声音在叫我：

"桂姨，您、您是回家去吗？"

哈，是小曹！

"是啊。"我说。

"我同您一块走吧。"

"好。我记得你说过要找我？"

"对不起，桂姨，是我没有勇气。"

"现在你可以去我家里吗？"

"好啊。"

他坐在那里，隔一会儿喝一口茶。我注意到他那双手已长成了男子汉的手。

"小曹，你是来谈读书的事，对吗？"

"是啊。您送给玉玉的那本书，我也读过。我常在书店里偷偷地跟在您身后看您买什么书。我，希望自己做一个喜欢读书的人，像您一样。我要读好多好多书，尤其是小说！"他激动起来，涨红了脸。

我正要回应他，他却对我说他得马上离开，因为爹爹在家等他，他们要一道去一家人家修水管呢。他说着就站起来走掉了。我注意到他的手在发抖。多么可爱的孩子。我想，他一定会成为一名高明的读者和一名优秀的管道工人。他也像《狐狸》这本小说中的那位年轻人一样，心中藏着一些秘密，这些秘密令他显得有点不近人情。

过了不久我就同老曹在茶馆里碰见了。老曹说，他儿子完全学不会社交的技巧。

"不过我一点也不为他担心，人们会喜欢他的。您知道为什么吗？"

"啊，老曹，我也喜欢您的儿子。但我不太知道是为了什么。"我说。

"因为他爱读文学书啊！他一本接一本地读，就像我年轻时一样。"

"我明白了。老曹啊，我明白了！"

他咧开嘴笑，由衷地感到幸福。我也感到快乐。

我们像一家人一样一道走回家。我记起一件事：快三十年了，我从来不同菩提苑的邻居们深交，只是对他们保持一种旁观者的欣赏。今天是怎么回事？也许我老了，觉得自己再不尽情地生活就没机会了？也许这父子俩实在是太了不起，深深地打动了我？唉，菩提苑，藏龙卧虎之地啊！谁是狐狸？当然是我。

回到家中，我又从窗帘那里往下窥视。我看见了玉玉的妈妈。她正激动地向院门外的客人挥手。客人离开后，她脸上笑开了花。她为什么这么高兴？也许她快乐的原因同老曹是一样的吧。

"桂姨桂姨，我喜欢您！"她喊道。

我面红耳赤地离开窗口，疑惑地想：莫非她后脑勺上长着眼睛？

我感到我被我们菩提苑的那种看不见的漩涡转进去了。

看完十来页书，我又习惯性地走到窗前。苍哥出来了。他将录音机放在地上。开始打拳之前，他竟然向着我挥了挥手。该死，难道他一直就知道我在偷看他？我和他，到底谁是狐狸？应该都是吧。虽然心里发窘，但我还是很高兴的。接下去那两个孩子也来了。他们就像三只白色的鸟儿一样，正要展翅飞翔。找的视线扫向空中，又看见了向我们楼走来的那些人。他们来自《幸福的旅程》那本书中。却原来那些人根本就没有失踪，他们一直在向着我们菩提苑这个方向走。过不多久，他们就要同我们会合了。

死亡教育

　　小拉娅在院子里跳房子。她很卖力，跳得汗流浃背，满脸通红，头发也汗湿了。她已经"买"下了三间房，正在朝第四间房努力。当她将酸枣骨串瞄准目标扔过去时，忽然听到外祖母在卧房里发出呻吟。拉娅立刻记起了这些日子里所忧虑的事：外祖母快死了。她虽不太明白这件事的含义，但非常害怕想起它。她立刻向那间卧房跑去。

　　母亲坐在外祖母的床边，拉着老人的手。拉娅很矮，外祖母还没看见她。她悄悄地挨近母亲，站在母亲背后。

　　"小拉娅——"外祖母忽然叫了一声。

　　拉娅打了个冷噤，焦急地小声喊道：

　　"外婆，外婆！"

　　她终于面对外祖母了。外祖母拉住拉娅的小手，拉娅感到那只手很热。她想，原来手变热就是快死了啊。

"拉娅是从山里出来的。"外祖母费力地说。

拉娅的母亲用力点头。拉娅看着她俩，满脸都是迷惑。

外祖母闭上了眼睛，呼吸仍很急促。母亲做了个让拉娅离开的手势。

拉娅来到院子里，她已经没有兴趣跳房子了，外祖母刚才给她的印象太强烈了，也太怪异了。她爱外祖母，可是外祖母却快死了，她就快要再也看不见她了。"死"就是很疼吗？她问自己。她不知道，但她觉得外祖母一定是很疼的。而且她觉得她像她自己一样害怕。此刻拉娅又被恐惧慑住了，惊恐地睁大了两眼。

"拉娅，我们玩警察抓小偷，你来不来？"小婷问她。

"来！我们走吧。"拉娅跳了起来。

他们是四个女孩四个男孩，大家在小花园那边跑啊，喊叫啊，一轮又一轮。拉娅是如此地投入，她拼尽了全力，但总觉得自己还没发挥好。她要在游戏中尽兴，但她从未能做到这一点。每次过后她都懊恼不已。对于她来说，多人游戏和一个人游戏是不同的，多人游戏充满了企盼和强烈刺激，但很难得到满足。她更倾心于多人游戏，梦里都在同人竞争和吵嘴。但他们的游戏没能持续多久，因为两个男孩和三个女孩被他们的家人骂回去了——他们应该做的家务没做。

拉娅回到自家院子里，她又开始跳房子了，她已经把外祖母忘了。

小婷也来加入她。小婷带来一串更漂亮的酸枣骨串——多么均匀，多么光滑，花纹多么美！她们起劲地跳，每人都"买"了三间房。

这时拉娅的母亲在叫她回家吃饭了。两个女孩意犹未尽地回去了。

拉娅吃饭时始终在细听隔壁房里的动静。

"外婆吃饭了吗？"她问爹爹。

"刚吃了藕粉呢。"

"那，她不会死了吧？"

"当然不会。"爹爹想了想才回答。

"我害怕。"她放下了碗筷，有些发抖，"爹爹，我是在山里生的吗？"

"不，你是在前面那间房子里生的。"

"山里晚上很黑吗？外婆如果死了就会被埋在山里吗？"

爹爹没有回答拉娅的这两个问题。他默默地收碗筷，然后默默地到厨房里去了。拉娅仔细听，没有再听到外祖母发出呻吟。

拉娅是单独睡在一个小房间里的，旁边就是父母的卧房。她在夜里醒来了，醒来后她就一直在想外祖母的事，想得无法入睡。但她不敢去外祖母所在的那间房。她盼望着天亮，她认为天一亮，外祖母就暂时不会死了。就在去年，外祖母带她一块去探望一位老爷爷，老爷爷的肚子肿得很大，外祖母说他快要死了。从那家出来时，拉娅注意到天井里有两棵高高的梧桐树，从树叶间看过去，天空特别蓝。拉娅问外祖母，是否老爷爷马上会死？

"可能吧。人一般是晚上死。"外祖母说。

拉娅记住了外祖母的话。现在这整栋房子里静悄悄的，她判断外祖母还活着，因为母亲同她睡在一个房间里。拉娅用力睁着眼，持续了很长一段时间，可是最后，她还是迷迷糊糊地入睡了。

早晨一起床，拉娅就冲到厨房里问母亲："外婆吃饭了吗？"

母亲告诉她外祖母喝了牛奶。拉娅想，又一夜过去了。

拉娅一边洗脸一边在心里计划着去哪里玩。昨天小婷告诉她操场上新安了一架秋千，今天当然是去操场。

"拉娅你去哪里？"母亲拉住她小声地问。

"去操场荡秋千。"

"不要去，拉娅。你外婆快了。"

"快好了吗？"

"不是。她快要走了。你快要没有外婆了。"母亲眼圈红红的。

拉娅跟在母亲背后走进那间房。外祖母的脑袋躺在白布枕头上，她的两眼闪出令人害怕的强光。拉娅不敢走近她。

"拉娅。"外祖母的口气带着责备。

"外婆。"拉娅一边回答一边想,现在是白天啊。

"你是我家拉娅?你出去吧,你在这里我走不了。"

外祖母闭上了眼睛。母亲将拉娅推出去了。

拉娅昏头昏脑地到了大门外,坐在台阶上哭泣。

"拉娅,拉娅,我们去操场吧。"

小婷在拉她的手。

"不去。我外婆快死了。"

小婷愣了一愣,站在原地。然后她突然一转身,跑掉了。

拉娅茫然地坐在原地。后来她记起了自己新买的彩色笔,就跑回自己的房间,坐在桌旁用彩色笔画图画。她画了很多长头发的鬼,那些鬼的面部都被头发遮住了。后来她又画了一串葡萄,是紫色的。她一边画画一边紧张地倾听,但那边房间里并没有什么异动。最后是爹爹叫她去吃中饭了。

"外婆今天会死吗?"拉娅鼓起勇气问爹爹。

"不知道啊。"爹爹说,目光看着窗外。外面阳光灿烂。

拉娅听见男孩子们在外面追跑的声响,他们边跑边呐喊。拉娅此刻觉得那些声音离她无比遥远,好像是另一个世界里的声音。她变得有点神情恍惚起来。现在她最害怕的是那个房间里会突然响起一个陌生的声音。

父女俩默默地吃完了饭。

漫长的下午对拉娅来说是难熬的，这栋房子里的寂静也令她害怕。对于拉娅来说，这是她从未感觉到过的寂静。她想，山里正像这样吗？她只去过一次山里，是离家里不远的蒙山，同外祖母一块坐车去的。山有点高，祖孙俩坐在半山腰的一个亭子里，她们爬不上去了。当时是下午，山里吹着冷风，一个人都没有。拉娅很害怕，但外祖母一点都不怕，像坐在家里一样。她们还吃了一些开心果。拉娅还记得山涧旁有棵巨松，有点像一个鬼，风一吹就伸出鬼爪来。

她不想再画图画了，那么自己和自己下象棋吧。

她下了两盘，也不想再下了。她心里总是紧张。有一刻，她隐隐约约地听到外面有几个男孩在齐声叫喊："拉娅——拉娅！"他们为什么叫她？因为她家里有人要死了吗？小婷告诉他们了吗？拉娅突然觉得悲伤涌上来，她有点想哭了。但没有哭。啊，他们又在叫她，还有小婷的声音。他们想安慰她。想到这一点，她的思绪就转到她的小朋友身上去了。她，拉娅，当这一切过去了之后，她仍然可以同伙伴们玩那些游戏！这是怎么回事？外婆不是要死了吗？外婆一死，难道不是一切都完全改变了吗？她怎么还可能像以前那样疯玩？他们在外面那么热烈地叫她，就好像他们对外婆要死这件事有不同的看法似的。拉娅完全不能理解这一切。她对自己说："忘记吧，忘记吧……"可是走廊里响起了母亲咚咚的脚步声，她正急走，去客厅里打电话。拉娅听见她说话。

好像是一个医生正在往她家赶来。

拉娅和母亲一道走进外婆的房间。外婆闭眼躺在那里。

后来医生来了，检查了外婆的眼睛。

"她老人家去了。"医生说。

母亲一直低着头。她一声不响地送走了医生。

"拉娅，你先回你房里，我要帮外婆换衣服。"

拉娅回到自己房里。她还没有彻底明白：外婆到底死没死？现在还是白天，外面太阳还没落下去，妈妈说要帮外婆换衣服……那么，她今天夜里会死吗？也许当拉娅还在睡梦中时，外婆就死了？她想，还是睡觉吧，睡一觉醒来事情就起变化了——先前常常是这样。她脱了鞋上床，盖好被子。

拉娅是被爹爹叫醒的，因为要吃晚饭了。

她又一次鼓起勇气问爹爹：

"外婆呢？"

"外婆走了。你妈妈和我送她走的。你没有外婆了。"爹爹说。

"送到山里去了吗？"

"送到火葬场去了。"

"我可以不吃饭吗？"拉娅问爹爹。

"可以的，拉娅。你要是饿了就叫我。"

拉娅一直在发抖。她回到自己的房里，在心里反复地对自己说："我不怕，我不怕，我不怕……明天我就去荡秋千。"

同　类

　　南风吹过来时，白色的、细细的花瓣就落了一地，从窗口望出去，某些生动的记忆便争先恐后地复活了。其中有一个记忆的场景覆盖在其他的记忆之上，因为那里面有闪电的强光一次又一次地刷新那场景。我凝视着地上的白色和树上的新绿，心中的渴望又一次涨潮了。那种很特殊的渴望，我心中只有过一次。

　　那件事发生在平原地区。我现在也是住在平原地区，周围有很多野生的苹果树和梨树。我已经在平原住了很多年了，不知道是为了纪念那件事呢，还是等待那件事再发生，或二者兼有。至于事件的主角她，我是不可能弄清楚她的意图的。其实我对她的唯一印象就是她不算太老，这算不上什么印象，我之所以这样概括，是因为我不知道应该如何样来谈论她。

　　一开始她是一个小小的白点在远方的地平线上移动，

像这些花瓣中的一瓣一样。那时我所在的地方光秃秃的，只有碎石和炉渣。我也不知道这里原先是采石场呢还是钢铁厂，反正现在基本上都没有痕迹。那个小白点，正向我所在的方向移动了，我预感到我们的会合。我在那人的视野中是什么样的？一个灰斑点？我点燃一根纸烟，抽了一口，站在原地耐心耐烦地等。我不能走开，因为时间不多了，快要天黑了，天一黑她就看不见我了。我已经在这荒无人烟的处所过了好几天，睡在那边的一个破草棚里，现在这里居然出现了人（也许是兽？），这该是一件很重大的事吧。不知为什么，我很快就确定了那白点是一个和我性别不同的人，一个女人。我干脆坐在石头上面等，因为站立太久也很费劲。

"茫茫的荒原。"我对自己说，仿佛为了将我的思绪送向对面那个人。

那白点变成了一块白斑，扭动了几下，停留在原地。哈，现在是她在等我了。天已经开始发灰了，我必须赶紧。我立刻扔了烟头，踩灭了，朝那个方向走去。我知道她离得不近，但天黑前我应该走得到。天黑前，我们可以将彼此看清。

但我估计错了。我仅仅走了几分钟，天就骤然黑下来了。唉，那个白色的标志一下子消失了。幸亏我对周围很熟悉，可以大致凭记忆朝那里走。我想，她大概不会离开吧，可我又想，我凭什么相信她不会离开？可能她根本就没看到我。我在黑夜里匆匆前行，我很想喊几声，但一想到前面有人，我就害羞地闭嘴了。"茫茫的荒原。"我又说。有人在回应我，不太像是幻觉，也不太像是真的。

我走了很久，的确是很久，在这广阔的地方兜了一个很大的圈子。我的方向感一贯很强，我先是确定自己到过了她所在的那一点，然后才兜圈子的。我应该将她圈在我走过的圆圈里了。对于她来说，这难道不是一种情绪的传送吗？我一直在向她传送我的情绪，刚才发生的事让我明白了她不是一个普通的人，这昏沉的夜掩盖着她的意图。

我还要不要继续兜圈呢？我感到如果我停下来的话，那会是要冒停止发送信息的风险的——对于她那极度敏感的耳朵来说，我的脚步声是同她内心某种东西的搏动相联的吧。

我在兜第二圈了。情况有些变化：因为夜深的缘故，每一点细小的响声都被放大了。没错，她在圈子内，我听到类似叹息的声音，也许不是叹息，是深呼吸。那个声音总是在我的右边，忽大，忽小。我想，如果我一直往右走的话，我就会走出荒原，而她就会消失。所以我要一直绕着她兜圈子。如果那声音真的是叹息，那是不是失望，因为我不同她会合而失望？可是我要怎样同她会合？如果不是这么黑，我大致看得到她，我就会直奔目标而去了。而现在，即使方位感很强如我这样的，也不敢冒这个险。啊，我看见了几个小星星，可是它们发出的光那么弱，根本无济于事。她又叹气了，这次听清了，是一声长叹。我朝右边冲动地喊了一声：

"喂——我在这里！"

我能感到我的声音被阻隔在近处，像被钢板挡住了一样——多么可怕！

但是却能听到她的声音了，果然是一位女人的声音：

"冻河在你的左边，请看那只小木船……"

她的话的意思很费解，但她用声音指出了她的方位，我确定她离得不远。我向她的所在跑去。我扑了个空。她不在她发出声音的地方。当然她怎么会在那里呢？尤其是在这样一个夜晚？

现在我不知道自己要不要绕圈子了，那已经是一个其大无比的圈子，因为我觉得女人无处不在。荒原的每一处都是她所说的"冻河"，难道不是吗？我尝试走"之"字形图案。后来我还走了棱形，梯形。但都没有撞上她。并且她也不再说话了。有一刻我绝望地想,或许她已退出游戏了。这个游戏里有两个人，我和她，我们是因为游戏而联系起来的。

然而当我走得满头大汗，陷入绝望之际，天渐渐亮了。我看见了穿白衬衫的女人，就站在我的旁边。她的样子很平常，可她昨夜对我产生的魔力是多么大啊！

"茫茫荒原。"她笑着说，"你是谁？这是我的领地。"

"它也是我的。"我接着说，"可我以前没见过你，这事真奇怪。"

"这事值得好好思考。要从我们来这里的那一天起展开回忆。"

我看向我过夜的破草棚；她看向另一个地方，那里有一棵被雷劈开的老树，也许是她过夜的处所。为什么我从来没有发现这棵树？看来我的视野有盲区。我刚一想到这里，就发现熟悉的地平线退到了更为遥远的朝霞里。

她往那棵老树走去，我跟在她后面。不一会儿我们就到了。

那是一棵巨大的柳树，虽然已被劈成了两半，却还活着。在树干的很大的空洞里面摆着一张行军床，还有一些女人的衣服挂在钩子上。女人告诉我，她的名字叫"蒿"。

"蒿，你认为是你先来还是我先来？"我问她。

"我记不清我已经来了多久了。我想你也是一样。"

"对。我们无法按天数来展开回忆了。要另想办法。蒿，你就用树洞外的这口铁锅煮东西吃？你带了吃的到这里来吗？"

"我就地取材。这里野菜很多，还有一种叫不出名字的鸟儿生的蛋，稍加注意就能捡到。它们的数量很多，到处乱生蛋。"

"你有一个强健的胃。"我由衷地称赞她。

蒿的风格出乎我的意料。我是带了很多粮食来此地的，我的胃肯定忍受不了长时间的饥饿。可是这位单薄的女人，居然可以"就地取材"，生活在这个荒原。此外她一定长着火眼金睛，能到处发现可食用的野菜，还有鸟儿生的野蛋。

她从树洞里端出一大碗鸟蛋，乳白色的，上面有麻点的那种。她说请我吃鸟蛋，因为她吃不完。然后她就舀水放进铁锅，点燃了那口土灶。

"它们来的时候将半边天都遮暗了。"她说的是那些鸟儿。

后来我们就坐在树蔸上吃鸟蛋。那鸟蛋吃起来有股奇香。我边吃边感到疑惑：为什么鸟儿会下这么多野蛋，而我从来也没捡到过？会不会鸟儿只为蒿这样的女人下蛋？

"我的名字叫金。"我告诉她。

"我早就知道了。"她说。

我问她是谁告诉她的。她说不用谁告诉，这里地方很小，没有任何秘密，不论有任何风吹草动，她都能调查得清清楚楚。我惊讶不已，说，这里的确是她的地盘，同她相比，我不过是一名借住的人，一名好奇心重的陌生人。我什么都看不见，什么都发现不了，住得再久也是如此。她说并不是这样，我不是发现了她吗？我想了一想，说确实如此，而且我自己觉得奇怪——我怎么忽然就发现了蒿？我使劲回忆，记起了刚来时的那种寂寞。天黑了又亮了，躺在类似于棺材的狭窄草棚里，有时会忽然听到一只老蟋蟀叫起来，于是我猜测，这家伙会不会是一名外乡客？后来我又发现了鹰，鹰每天中午按时来上空盘旋，它将下面的每一寸地方都仔细侦察过了。我觉得，我是唯一呆在这里的人，它在上面等待我的灭亡。除了鹰，除了蟋蟀，还有炉渣和碎石以外，我就再没有发现过什么了。

"蒿，你来这里之前，就已经知道有一个这样的地方吗？"我问。

"不，不知道。"她边说边递给我一杯香草茶，"那时我已经练就了一种本领，我让自己能适应在任何地方生存。"

她说这话时眼神变得很飘忽，于是我眼前出现了她在岩石山上到远处挑水的影像。这里是天涯，她一抬脚就走到这里来了，而我，是乱闯闯到此地来的。我已经忘记当时的具体情况了，好像同一次成功的买卖有关？

我带着对蒿的满心羡慕回到了草棚。蒿的到来让我感到无比的慰藉。就在这里，这个寂寞的荒原上，一名我的同类正在积极地生活。我留意到那只鹰不来了，它已经明白了我不再是它的猎物，它另找目标去了。

日子开始缩短，大概是由于蒿在那边的注视？那么，我闯到蒿的地盘上来的原因是不是由于她的努力？这些忽发奇想的念头越来越让我心底生出一波一波的激情。不是我发现了蒿，而是她发现了我？！多么令人心醉的设想！

在我的周围，荒原开始起变化了。

"早上好，蒿，我在那边发现了一棵苹果树。"

"早上好，金，你在练习你的眼力吗？"

我们各自在自己的住处欣赏着荒原的变化，有时也到一起来议论。

那是一个平常的日子，天有点阴阴的，我向一个方向走了很远——因为荒原一直在扩展。我忽然就收获了苹果，还有杏子。这些水果全熟透了，很甜。当我满怀喜悦地走到蒿所在的那棵巨大的柳树下时，我发现蒿已经不在了。树洞里空空的，打扫得干干净净，放在洞外的铁锅也不见了，土灶也消失了。她没有留下一点痕迹，彻底消失了。

那是一段很特殊的记忆。淡淡的，有梨花的甜香味道。

我的老师和他的桑树园

　　他是我的老师，他八十二岁了，好几年前他就搬到这大山脚下的农家小屋里住下了。他好像没有家庭。我搬到这个枫林小区来住还是他介绍的。小区的条件比农家屋好多了，有热水，有正规的卫生间，而且楼房可以免受潮湿之苦。老师为什么非要租住山里的小楼呢？后来我才知道了，他是为了种树，这是他最大的爱好。他在屋前屋后种了十几棵桑树，都有七八年树龄了，现在长得比他住的屋子都要高。

　　"玉老师，您这里真好。桑树的人间烟火味很重，提升生活的信心。"我说。

　　我和他坐在树下喝茶，一些细小的鸟儿将早熟的桑葚啄落到地下，隔一会儿就嚓地一响。那些茂盛的叶子深深浅浅，绿得好看。

　　"简，不瞒你说，我还记日志，我给每棵树都取了个动物名字——绿孔雀啦，绿�蜥啦，大青虫啦等等，根据每棵树的个性来取。这么多年过去，我的日志有几大本了。我原来的专业，你知道的，是历史，我不懂这些桑树。是栽种了之后才懂的。"

玉老师的模样清清爽爽，眼睛很明亮，一点都不像上了年纪的人的眼睛。我回想起早年他教课的风采，心里想，有些人怎么永远也不会老？这时我听到他嘀咕了一句什么，然后放下茶杯到屋后去查看了。我也跟去屋后。

屋后也有一个坪，坪里栽了五棵桑树，旁边还有一条小溪流过。有一棵桑树特别粗壮，枝叶浓密，桑葚更是结得多。玉老师告诉我说，这棵树的名字叫黄雀。

"黄雀总是希望有更多的鸟儿来吃桑葚。它怕寂寞。"

这棵大树的地上落满了紫色的果实，那些小鸟们在树冠上跳来跳去，一点都不怕人。玉老师说，这棵树很怪，它的果实吃不完。那么多的鸟儿来吃，吃完又长，吃完又长。有一次他数了数，居然有近百只小鸟，将小一点的树枝压得弯弯的。旁边的那四棵就没结这么多果实了，所以鸟儿们不那么感兴趣。所有的鸟儿都飞往黄雀，都在这里吃得饱饱的。现在有两只好像是醉了，掉在地上睡着了，即使睡着了，还在梦里继续吃，发出满足的呻吟。"能者多劳啊。"玉老师抚摸着树身叹道。

"它？"我也抚摸树身，不知道说什么好。

"我以后给你看看关于黄雀的历史。它死过一次。"

我们回到屋前继续喝茶。玉老师问我喜不喜欢山里，我说喜欢，但有点害怕，也许是因为见了黄雀这棵树，心里的震惊太大了。

"小伙子，应该天不怕地不怕啊。"玉老师说。

回到家里好久好久，我还在想，不停地长出果实来的树，具有一种什么样的质料？这黄雀，好像并不在乎繁衍后代，因为周围也没见到有任何小桑树。鸟儿并不与它同族，它却与鸟儿结缘。真不可思议啊。我坐在沙发上，满脑子都是果实累累的黄雀，对于其他那些桑树我完全没有印象。我甚至回想起自己当初看见了一颗异形桑葚，是葫芦形的，有桃子那么大。不过这记忆显得不那么可靠。

我的邻居敲门了，他也是一位退休教师，姓古，住在三楼。

"我看见你从玉老师家里出来，就想来同你谈谈他。"古老师说。

我等他说话。可是他坐了好一会儿才说了一句话。

"他老人家过着一种甜蜜的日子。"

我觉得古老师说得太对了。但古老师没有说下去，大概觉得玉老师的事难以言表吧。我也有这种感受。八九年如一日地给十几棵桑树记日志，这种热情太难描述了。名叫黄雀的那棵大树，是不是玉老师将它培育成了一棵奇树呢？

因为我也不说话，老师就觉得尴尬了。他说他的孙儿要回来了，就同我告辞了。我注意到他走路的样子有点反常，失去了定准一般。

却原来不止我一个人关注玉老师。我很想看到关于黄雀的日志，那里头该有些惊心动魄的记录吧。我这样想。

夜里突然刮大风，我被冷风吹醒了，起床去关窗户。我一边插好窗户一边想，这么大的风，桑葚应该落满了一地吧。下半夜就老是醒来，想着桑葚被吹落的事。如果都被吹落了，黄雀的体内一定会生出更大的生殖力吧。不过那些鸟儿们就会要清静一阵了——它们多么沉醉于那种盛宴啊！

我虽很想看关于黄雀的日志，但我一连好几天没去玉老师家，因为我有点害怕，又不知道是怕什么。后来我在买菜回家的路上碰见了玉老师，当时他正在路边慢跑。说慢跑，其实也就是走路的速度，只是做出跑的姿势。可以想见他从前一直坚持慢跑，现在年纪大了，速度就减下来了。他向我打招呼，要我过一会去他家里。

我立刻就激动起来了。仿佛要去做一件大事一样。洗了个脸，换了一件衣服，带上我刚买的玉米，我就去玉老师家了。

进了他的家门，我就说我想看关于黄雀的日志。玉老师说很不巧，他的侄儿将日志拿走了，说要复印一份放在他那里保存。我听了感到很吃惊。

"我们去看黄雀吧,我觉得它已经认识你了。"他说。

黄雀发生了很大的变化:桑葚差不多掉光了,树叶也掉了一大半。也许它在夜里受到了暴风雨的摧残。可是树底下既没有桑葚也没有树叶,可能被玉老师打扫干净了。我抚摸着树干,将脸贴上去。

"没关系,没关系,这种事常发生。"玉老师笑着说,"倒是鸟儿们受苦了。为了鸟儿们,黄雀就挺立在暴风中,可还是死了两只。这里的暴风同小区里面的很不一样,你想不出那种暴烈程度,是种豁出性命的撕扯……可是鸟儿却不肯飞走,为了什么?我不知道。每当这种时候到来,它们就和黄雀一块在暴风中拔河比赛。真是些怪鸟。已经有多少年了?"

忽然,那树皮在我脸颊那里跳动了一下。

"玉老师,它和我成了朋友了!"我喊道。

"当然当然,我早看出来了。"他高兴地说,"黄雀的恢复能力是惊人的,过三五天你再来看,又是满树果实了。你瞧,有两只鸟儿飞来了。"

我听到树干里有哗哗的水响,应该是黄雀身体里的汁液在沸腾。

在清风中,桑园西边尽头那棵桑树的树枝在咔咔作响。玉老师说那是大青虫,它不结果,它只爱独自沉思。树枝为什么作响?那是在释放它里面的能量啊。他又说,如果我某天夜里来观察大青虫,就会看到好戏——我绝对想象不出的好戏。

我相信玉老师的话，于是在心中暗想，我也要细读关于大青虫的日志。

我刚走到大青虫的树干那里，就有根树枝掉下来，打在我的额头上。我的额头上一会儿就起了一个包。

"快离开，不要站在那里！"玉老师喊道。

我连忙离开大青虫。我明白了，它是沉思型的，不愿别人靠近它。所有它那些树枝都在咔咔作响，叶片颤抖得厉害。它就像要爆出火花来一样。我心里为这棵树难受。

"它正在脱皮，变成它想要的样子。我们赶快到前面坪里去吧。对于大青虫，外人只能窥视，不能靠近它。如果你夜里来……"他不说下去了。

前面坪里的那些桑树都很平和，它们的叶子和桑葚都是不多也不少，所以树间的鸟儿也不太多，大概每株树上有两三只。

我们又在树下喝茶了。

"这几棵倒比较遵纪守法。"我说。

"哼，这只是表面现象罢了。这是些叛匪，我的日志里有记录。一般来说，我们是看不到它们的真面目的。喏，你面前这棵，叫绿孔雀的，最阴险。"

我笑起来，说，它又不能走路，再阴险也害不到我啊。

有一个黑影出现在灌木那边，是人还是兽？

"我侄儿来了。"玉老师说。

那人抱着一大包记事本。玉老师从当中抽出一本交给我，说是黄雀的，让我先拿回去看看。"也没什么好看的。"他又补充了一句。

我觉得他俩要商量什么事，就向他们告辞了。

回到家后，我没有马上看日志。我先洗了个澡，换上干净衣服。我不知不觉地有种庄严感。然后我在书桌旁坐下来，慢慢地翻开漆皮的记事本。

第一页上没有一个字。但我还是能闻到桑树的气味。

翻到第二页，仍然是空白页。第三页，第四页，第五页，我一直翻下去，翻到了第三十二页，这才出现了两个字：血债。这两个字很大，歪歪斜斜的，有点像小孩写的。字的下面滴了几滴树汁，散发出浓浓的桑树叶子的气味。

我回忆起玉老师说过，黄雀死过一回，这就是那次事件的记录吗？

第三十三页上写的是："它已经死了。不过它还活着。"我感到有点明白了。

又是接连好多页空白。然后，在第八十五页上面，开始了对黄雀的描述。

描述是很抽象的，有点严肃，又有点像开玩笑。字迹很工整，是我记忆中的玉老师的字。比如这一段：

"死并不那么可怕。它知道这一点，所以还能从容应对。夜里的风在我的桑树园里是可怕的，要不是亲眼所见，我简直不敢相信。风不是像平时那样刮，而是专门到这里来同这些幼树撕扯，每次都这样。黄雀是病树，我揣测它的根扎得不深，我担心它会完蛋。可事实证明我错了。昨夜被怪风刮走的不是黄雀，而是那棵名叫蚂蟥的健壮的树苗。真出人意料啊。莫非因为遭过大难，即使地面部分已经死去，地下部分仍在拼命往下扎根？我试着去拔它的枯萎的树干……天哪，它纹丝不动！它的确还活着，活在地下。"

这些文字让我浑身发热，我几乎掉下了眼泪。我觉得玉老师的桑园是一个魔圈，这个魔圈是他自己造出来的，但并非有意。

我合上了日志记事本，我要慢慢地读，一天读一点。我想，玉老师留下的这些空白页应该是最有内涵的，因为每一页都是关于死亡过程的暗示。一棵树的死亡大概同人不一样，但那到底是怎样的情况呢？还有那种怪风——莫非风吹到了桑园里就发现了什么，而它是来为桑树们服务的？一想到黄雀那些拼命往下扎，要抓住土壤的根须，我就感到头皮发麻。我一回头，听见有人在门外说话。

"简，你看过日志了吗？"

是玉老师的侄子。我请他进屋，告诉他我正在读呢。

"不进来了。我只是来看看。每次我们的记事本被借走，我就感到失魂落魄。"

他说完就转身走了。我有点生气，这个人担心什么？难道担心我要偷东西？

但我很快就理解他了——这些记事本，里面藏着生命啊。有一个人，他活在树的身体里，他是我的老师。这不是什么走火入魔，这是命运。我的老师抓住了自己的命运。

夜晚来临时，我的房里弥漫着桑树的树汁的气味，我的脑海里变得十分清爽。

仅仅因为桌上的记事本，我的房间就完全变了样！我没开灯，坐在黑暗里想黄雀的事。当我将脸颊贴在树干上之际，听到那里面居然有哗哗的水声。如此饱满的汁液却并没有削弱它的力量！难怪叔侄二人对它牵肠挂肚啊。

今天很累。下班回家，简单地煮了一碗面吃了，收拾好厨房，洗了澡，就准备坐下来看日志。刚翻开记事本，就有人敲门。

又是那侄儿。

"我叔叔被掉下的树枝砸了。没有危险。他让我来叫您去。"

我连忙换了衣服跟他走。我问他是不是大青虫干的？

"嗯。那棵树最近乱套了，我也被砸了一次，幸亏躲得快，要不就出事了。我看它要肇事，一副破釜沉舟的模样了。"

隔得远远的，我们就看见大青虫的树枝在摇摆，像是很痛苦。玉老师紧紧地抱着树干。

"玉老师！玉——有危险啊！"我喊道。

侄儿站在那里，只是旁观，并没打算解救他的叔叔。我忽然想到，这种情形可能经常发生！我当然也不敢拢去。

可他为什么叫我来?

树干在爆裂，玉老师的手掌被炸开的树皮戳得流血了，可他不松手。

我心里难受，像傻瓜一样站在离玉老师一米多远之处——因为他不让我靠拢。

终于，大青虫慢慢安静了，我听不到它的炸裂声了。

"简，简。"玉老师走近我，满脸都是笑意。

看得出他对自己刚才的举动很满意。三人坐在树下喝茶时，玉老师告诉我，他叫我来，是因为黄雀有了一点新情况，这个情况被他记录下来了。说着他就进屋去，然后拿了一本日志出来了。他让我看他的记录。

光线有点暗，因为天快黑了。但我还是感到翻开的记事本里头有个什么东西在扑腾。当我凑近去看时，又只看见空白的纸张。

"是鸟儿，它们要同大树合为一体，这并不容易。"玉老师说，"简，你可以将耳朵贴到纸张上。"

我将耳朵贴上去时，记事本里头的鸟儿就不再扑腾了。我问玉老师是怎么回事。

"这就是疯狂的桑园，鸟儿们也属于这个家族。我年轻的时候常常试图打通某些隔阂，可从来也没成功过。"他说。

玉老师说话时，记事本里又扑腾了几下，我闻到了浓浓的桑叶的味儿。当然，这个日志就是黄雀，那么鲜明而生动，玉老师是如何做到的? 还有，怀着同样的野心的桑树黄雀，它又是如何样做到的？我面前的两张脸变模糊了，侄儿的声音从半空响起："这就是那种场景。纠缠到死……"

有什么东西从记事本里飞出去了，应该是一只鸟儿，可能是透明的，所以我看不见它，只是闻到羽毛的气味。我惊呆了。侄儿的脸显现出来，他在偷笑。

当我翻开日志的另一页时，又一只鸟儿飞出去了，也许是两只吧。玉老师在我旁边低声说，他是为了留住这些珍贵的瞬间才坚持记日志的啊。我再次将耳朵贴到纸张上，于是听到了大合唱。多么可爱的鸟儿们啊，可正是它们招来怪风，让黄雀这棵大树受到可怕的撕扯——它们的心思难以揣测。

我合上日志，便听到了脚步声。叔侄俩也在倾听。有很多人在桑园里来来往往地走，我们看不见这些人。玉老师推了推我的胳膊，问我听到没有。

"什么？"我吃惊地问。

"时代的脚步啊。它们总在夜幕降临时就来了。我叫你来，就是要让你亲耳听一听，然后记住。这种事可不是什么幻觉，你说呢？"

"当然不是。我亲耳听到了。"我肯定地证实道。

玉老师对我的回答很满意，他搓着手，激动地一会儿站起一会儿坐下。

这时我发现侄子已经不见了。

"他到后面接那些鸟儿们去了。是黄雀的鸟儿们。你去后面看看吧。"

我来到后面坪里，看见侄子站在一个巨大的铁丝鸟笼旁边。鸟儿们都从远方飞来，径直飞进铁丝笼。它们至少有一百多只，全是小巧而轻盈的类型。开始还有点嘈杂，一会儿它们就安静下来了。侄子说，这些小东西之所以愿意进铁笼，就是为了天一亮就上树去。

"您瞧，这就是黄雀的魅力。它们从来不在树上做窝，它们同黄雀的关系是很纯粹的爱情关系。您也爱它吗，简？"

"对，我也爱黄雀。"我含着泪说。

它就在我上面，它的树枝在哗哗作响。

"它听到了简的表白，它听到了！简，黄雀是中性的，它不像我们男人。"

侄子的信息让我吓了一跳，因为我从未想到面前这棵树属于什么性别的问题。一棵中性的树的爱和一棵雌性的树的爱会有什么区别？还有，玉老师对桑树的爱是男人的爱吗？这种问题太荒谬了。侄子将这种问题提出来，应该是有深意的。

我看着黑暗中的树，有月光落在树干的上半部，那里显得毛茸茸的。这么多的人为它魂牵梦萦，它应该知道的。那么，它究竟是生活在幸福中还是生活在痛苦中？大概只有玉老师最清楚。记日志的人啊。

鸟儿们在铁笼子里发出惬意的低语。侄子说，它们受到过山猫的攻击，但它们不改初衷。山猫发动攻击的那天，笼子的里里外外尽是鸟毛和血迹。可是山猫怎能改变它们的爱?

我离开时注意到,那些脚步声已经听不到了。

"他们都到我楼上去了。"玉老师对我说。

在回家的路上,我想象着玉老师的生活。让时代每天来同自己晤面的人,必定不是普通人。在那所中学里,他教我历史,有时也教地理。那时他的确是一位很普通的教师。不知为什么,我觉得老人现在仍然很普通。他今天请我来,是为了让我亲耳倾听桑园里的脚步声。想到这一点,我的心情便豁然开朗了。桑园,桑园!将来有一天,我会是接替玉老师的人。还有他的侄子也是。

我仍然每天去上班。玉老师仍然每天在小路上慢跑。一年多时光过去,他似乎变得更瘦小了,但他的目光还是那么明亮,像年轻人一样。

"玉老师,您好!"

"简,晚上过来喝茶吧。"

他又邀请我了,每星期都邀请两三次。

玉老师站在桑园里迎接我。

"简,今天我们不谈桑树的事。我们上楼,我让你见识时代的模样。"

楼上是一个茶室,在黄昏中显得额外寂静。窗户上安着竹卷帘,书架上摆着一沓一沓的日志。靠墙放着一张窄床。

"我常睡在这里，"玉老师说，"有时他们老不到达，我就睡一觉，醒来再等。我对你说让你见他们，其实他们是很难见到的。"

玉老师在一旁忙着烧水泡茶时，我就不眨眼地盯着竹卷帘。忽然，我分明看到那卷帘用力抖动了一下，而此时并没有风。这时，玉老师提着开水壶的手腕也抖动了一下，水溢出来，差点烫着了他。我连忙接过水壶，按他的吩咐泡茶。

喝茶之际，我问玉老师：

"刚才是他们来过了吗？"

"是啊。来了又走了，他们对我不满，因为大青虫的事。我太溺爱这家伙了，早晚得在它手里送命。他们看出了这一点。"

"也有可能大家都活着。"我若有所思地说。

"简，你说得太好了！你一来，就什么全明白了。"

我并不那么明白，但我爱这位老师，所以也可以说我明白了一点什么吧。时代的骄子们正在上楼，他们停在楼梯口那里，有好几个人。我看不见他们，只是听见了脚步声。可能因为见到了陌生人，他们就不进来了。我听见脚步声又往下面去了。

"多么遗憾！即使我同他们面对面，也见不到他们。不过坐在这里喝茶也很幸福，对吧？从前我在学校里时，一直梦想这样的日子。"

我觉得那些人已经到达了桑园里，他们的人数越来越多，到处都响起哒哒哒哒的脚步声。我想，也许他们一直就在附近，从未远离。

　　"最近他们来得勤了些，他们是为大青虫来的。因为他们来得勤，我就感到结局已经临近了。可怜的孩子，它总想肇事。你想看它的日志吗？"

　　不等我回答，玉老师就走到书架旁，抽出那个记事本，将它摊开放在桌上。

　　这个日志的不少纸张上剪出了很多空洞，每一页上大都只有一两个字。那是象形文字，我不认识。我问玉老师这些空洞是什么意思，玉老师说每个空洞记录的是大青虫的一次肇事。它是一棵十分暴躁的、激情四射的桑树，它总是将自己身体的一些部分折断，总是遍体鳞伤。为了什么？不知道。人很难进入桑树的境界。直到最近两年，玉老师才观察出来了，大青虫是为让这些属于时代的人们来看它才不顾一切地肇事的。想想看吧，它等待了那么多年这些人才来，这该是什么样的决绝之情啊！这样的孩子，玉老师怎么能不溺爱它？他担心大青虫要出事啊。

　　"玉老师，据我观察，大青虫是不会出事的。它的自愈能力太强了。它是一棵天才之树——当然，这也是由于您对它的培养。"我动感情地说。

　　"我培养了它吗？我怎么觉得，是它培养了我！"他笑了起来。

时代的脚步声正在远去，玉老师侧耳倾听了一会儿，呻吟般地说：

"大青虫今夜会睡一个安稳觉了。简，在你看来，人与树之间的沟通是真实的吗？"

"亲爱的老师，我认为的的确确发生过这事。在您的桑园里。我现在看着日志上的这些空洞，脑海中一下就通透了。谢谢您。"

"不用谢。你能来，大青虫对你感激不尽，还有黄雀也是。我发觉有好久了，它们的枝叶总往一边生长，指向你往这边走来的那个方向。"

我下楼来到坪里，看见侄子提着一个灯笼过来了。他说特地来送我回家……

"它们，这些桑树朋友，看见我们的背影渐渐地远去，它们就会特别快乐。你相信它们看得见吗？我试过好多次了，的确如此。"

"我从心底相信。"我说。

灯笼在我们的路上一晃一晃的，充满了浪漫情调。

西双版纳的女神

　　昭最近时常看见耳朵，不知道是不是一个好兆头。那是一只肉感的、轮廓分明的耳朵，常常不召自来，却又难以抓到它。如果不是因为它出现得太频繁，昭对它是不反感的。

　　来西双版纳三年了，昭时常感叹这块热土的繁殖能力太强了。那些动植物就像变戏法似的，一天一个样，甚至一小时一个样。昭原来租的是一套平房，住了没多久，就弄得满屋子的红蚂蚁，蜗牛，还有毛毛虫。打了多少杀虫药也无济于事。一天，他坐在家里吃饭时，一只细小的有翅膀的家伙居然蹿到了他的右耳里面，弄出打雷似的响声。他想不出解脱的办法，只得跑到餐厅的厨房里，请厨师帮忙。厨师用香油滴进他的耳朵，解救了他。当天夜里昭就梦见了耳朵。

　　现在那只耳朵挂在蚊帐上，他起夜开灯看见了它。不知道它是在倾听蚊子叫还是在倾听他睡觉时发出的鼾声。昭伸手去抓，它马上消失了。他走到卫生间，居然有一条秀丽的竹叶青小蛇在迎接他。昭努力不惊动这位来客，方便完就回卧室了。但再也睡不着，心惊肉跳的，老觉得竹叶青溜到被子上来陪伴他了。

第二天夜里，他又同耳朵相遇了。这回不止一只，一共有三只。不过三只都是一模一样的，也可能是同一只的重影吧。再看地下，满地都是蛞蝓。在这个夜半时分，屋外的蟋蟀和池塘里的蛤蟆叫得格外凄苦，都有不管不顾的气派。昭叹了口气，决定第二天搬到对面公寓的高楼里去。他在屋前栽了些玫瑰，这一向花儿疯狂地怒放，香味涌进屋里，常令他产生窒息感。以前，他从未见过玫瑰会开出这么多的花朵，不知道是什么怪品种。他将周围环境仔细地分析了一下，忽然觉得自己成了目标，这些小生灵全都在向他进攻，只要他稍微软弱一点恐怕就得完蛋。房里并没有风，但蚊帐上的三只耳朵一齐晃动了一下，似乎在对他说："西双版纳可不是好惹的。"

因为门没关，有人像影子一样溜进来了。是住在对面公寓里的文山。

"昭，你明天搬家我来帮忙吧。"

"咦，你怎么知道我明天搬？我还没打定主意呢。"昭说。

"不要多想了，我一走到你这里，就感到你必须马上搬，这里地气太旺。"

"原来这样。那就先谢谢你了。我问你，你原来也是住平房吗？"

"是啊。平房不好。西双版纳的地气，对我们外地人不利。"

文山在房子里小心地踱步，怕踩着了那些蛞蝓。他一边笑一边说自己"信佛教，不能杀生，所以在这里过日子格外困难"。他还告诉昭："到了高楼里就好多了。"

接着文山又问昭来了几年了，昭说三年了。

"三年会是一个转折点。"他点了点头。

"为什么呢？"昭希望他透露一点什么。

"不为什么。这个地方总是这样。我已经在这里二十五年了，还认为自己是外地人。"

他踮着脚走掉了。他一离开，蚊帐上隐没了的耳朵又出现了，像三只木耳一样。

整个夜里特别静。大概它们知道昭要搬离了。昭感到有点奇怪：他要走了，小动物们就对这房子不感兴趣了。难道它们感兴趣的是他这个人？

他住在二十五楼，特别清静，因为邻居们都住在十楼以下。也不知是什么原因。他选择二十五楼，为的是远离下面的"地气"。为什么要远离？他对西双版纳厌烦了吗？一开始，他不是很欣赏这里的土地的热力吗？要不是蚊子咬得太厉害，他还曾想去躺在深草丛中听蟋蟀唱歌呢。这事的发展有一个过程。他记得他来到这里不久就发现了，西双版纳的活力是他承受不了的。后来他就从商店里买回了各种杀虫药。他还常常去同邻居讨论防蚊虫的办法。草里面有一种伊蚊，被它们咬了会有生命危险。伊蚊猖獗起来时，他就买回了蚊帐，屋里也装上了纱窗。每当与邻居们在大花园里的亭子间聚会，防蚊虫便是他们之间的主要话题。昭常感叹：人类的阴谋终究斗不过这些微小动物啊。

在二十五楼住了两夜之后，他却又怀念起下面的热土来了。这种笼子般的水泥屋，还安了纱窗，除了蚂蚁，没有任何小动物能进来。而这新房里，连蚂蚁也没有。住在高楼的新房里，昭变懒了。他不再做饭，每天下楼去食堂里吃。现在他同邻居离得远了，要下到十楼才会有人住，十楼以上都是空房，他住的二十五楼是倒数第二层。不过楼里有两部电梯，他同邻居常在电梯里见面。他们常邀他去家里坐一坐，闲聊一阵。慢慢地他就注意到了，没人愿意到他的二十五楼来坐，他们总是找借口推托。

坐在没有蚊虫的房子里，昭有时就念叨："寂寞啊寂寞。"

要不要搬回下面的平房里？他拿不定主意。

有一天，昭在食堂吃饭时，久违了的文山忽然坐到了他的旁边。

昭还在吃，文山却已经吃完了。

"最近你去哪里了？"昭问他。

"去了趟外省老家，没什么意思。还是西双版纳好，逃也逃不开。"

他似乎显得很不好意思，又有点心神不定。

"昭，你有没有想过——恋爱？"

"恋爱？没想过。一个人生活挺好的,再说我也太老了。"昭回答说。

"哈哈，你都说自己老，那我不是更老？可我才六十八岁！"

他站起来，像喝醉了似的，摇摇晃晃地走出了食堂。

昭看着他的背影，呆若木鸡。

接着邻居们就过来了，有三个人，坐在他坐的这一桌。三个人都同昭熟。

昭不太想说话，就听他们说。他们都有妻子和小孩，所以就谈论起了各自的小孩。什么世风日下啦，什么连此地这样的净土也受到了污染，对年轻人不利啦。

"昭，他们说在城里的酒馆看见你在同女孩子们调情呢。"倪突然转向他说道。

"可能是他们看花了眼吧。我从不去酒馆。"他说。

因为已经吃完了，昭便站起来向外走。

走了几步，他又好奇地回头看。结果发现三位邻居都在瞪着眼看他。

昭来到了他原来住的平房。才离开几天，他住过的地

176

方就大不相同了。他栽的那些玫瑰已经枯萎，连叶子都带黄色了。再看屋里，收拾得干干净净，还飘出檀香的气味，桌椅和柜子似乎也换了。没想到这么快就住了人。他像做贼一样赶紧溜走。

离得远远的，他再次打量了一下自己原先的小花园。小花园已经不存在了，只除了草皮。昭暗想，新来的住户肯定不像他这么招蚊虫，也许是一位女性。

他很沮丧，情绪低落地往公寓走去。走到那边坡上，他又再一次转身去看原先住的平房。这一看就吓了一跳：一只很大的黑熊在草皮上吃东西。画面太刺激眼球了。居然有人在这种地方养熊，熊是从哪里弄来的？

"昭，你在散步啊。"倪像从地里冒出来的一样。

"我在看那只熊，你见过它了吗？"

"见过。是刚来的。这地方啊，就连老虎都有人敢养。"倪的语气透着嘲弄。

昭同这位邻居一块往楼里走时，发现他居然没穿鞋，于是由衷地感叹他的洒脱。要知道就连本地人都是穿拖鞋的。

"那么，养熊的那位女士，你也见过了吗？"他突然又冒出一句。

"没见到。我是过去看看我原来的花园的。"昭说。

回到家里好久，昭还在设想那人会将熊养在哪间房里，她又是怎么将屋子里面维护得那么干净的。当时他在落地

177

窗前站了一会儿，的确没闻到大型兽类的气味。真是戏剧性的改变啊，在他被细小动物折磨的同一栋房子里，现在有人同猛兽朝夕和睦相处！昭对自己说："这就是西双版纳啊。"更可能的是，那人在户外盖了间房子给黑熊单独住。看起来，黑熊是可以进入主人的房子的。它那么心安理得地在草皮上吃主人为它备下的食物，它同主人应是很亲密的吧。那是什么样的一位女士？

昭被自己吓了一跳。好多年里头他都没同女性打过交道了，现在竟猜测起一位陌生女性的个性来了。是不是因为在食堂里，文山提起恋爱，他不知不觉地受到了影响？还有一种可能，就是文山所迷恋的，也许正好是新来的女士？因为文山在此地住了这么多年，好像并没有什么绯闻，至少在昭住的这三年里头，他从未听说过。

天还没有黑，昭坐在沙发里喝茶，心里打定主意晚上要到阳台上去观察银河。他记起了昨夜楼上的响动。上面不是没住人吗？为什么有个人在房里走动？他想到这里就不安起来，于是拿好房门钥匙和手电，打算去上面检查一番。

他是从消防通道上去的，他没想到消防通道里这么黑，又没有照明灯，他很生气。幸亏带了手电。上到顶层后，发现果然有一个人背对他站在那里，他好像是在吸烟。

"您好！"昭听见自己的声音出奇的大，背上差点要出冷汗了。

那人转过身来，居然是文山。文山换了外衣，昭没有认出来。

"你躲在这里干吗？"

"我找管理处的朋友要了这间房的钥匙。找到阳台上去观察一些情况。"

昭心里想，他当然不是观察星象。他的观察八成同"恋爱"有关。从这间房的阳台上，可以看到昭住过的平房所在的那一块地方。昭的确吃惊不小，一把年纪的文山，怎么会这么执着的？平时看他并不像多情的人啊。

文山邀昭一块去屋里的阳台上看看。

在徐徐降临的暮色中，昭看见了自己种下的那棵熟悉的垂柳，垂柳下的草地如一大块美丽的绿玉。后花园很大，也被铺上了草皮。草地旁边有栋木屋，大概是黑熊的住所。虽然昭栽种的那些植物都不见了，但他感到他的旧居现在看起来特别清爽，具有另一种风味。尤其是门口的巨大的旅人蕉，给人印象至深。

"那里竟然成了黑熊的住所。真超出了我的想象啊。"昭感叹不已地说。

"你对密蒙的生活方式有何评价？"文山问昭。

"原来她叫密蒙，多么好听的名字！评价？我不善于评价。"昭说，"那么，你同她交谈过了吗？"

"没有。黑熊总是挡在那里，我从来没见过她。大家都说女人住在那里，她的名字叫密蒙。这到底是真是假，昭？"

昭答不出。他去过那里，看到屋里干干净净，还有檀香的气味飘出。但也可能是幻觉，与大型猛兽住在一处的人不可能把家里弄得那么干净。那人必须同猛兽彼此适应……

他们说话间，外面已经黑了。屋里也黑了。昭拧亮手电，示意文山同他一块下楼。

"你先回家吧，我还要在这里待几分钟。"文山说道。

昭只好自己先下去。回到家里，他又忍不住到阳台那里看了看。啊，那屋子被灯光照亮了，连草皮上都安了很多地灯。真是个会生活的女人啊，难怪文山这么爱她。可是从未见过一面的人，也称得上"爱"吗？黑熊在围着那平房绕圈子，很沉着，也很惬意。昭不由自主地想，如果自己是那只熊，也会惬意吧。"不，我不可能是熊！"他笑了起来。楼上阳台一点声音都没有，可见文山观察得多么认真。昭记起文山住在五楼。以前他住在平房时，文山总是说，昭会被这里的地气打败。他看出了他的软弱。现在却搬来了这样一位女英雄，所以文山即使还没见到这个人，也已经崇拜她了。在西双版纳，他们见过养大象的人，但从未见过养熊的人。

昭在煤气灶上煮了一碗汤丸吃了。他想，生活正在变得丰富起来。如果文山一夜又一夜地上楼来观察，却又不去同那人结识，事情会如何发展？这是昭第一次见识老年人的激情，他隐隐地感到那里面有种阴沉的东西。想到这里，昭的目光扫向蚊帐。蚊帐是昨天挂起来的，因为至少有两只蚊子不知从何处飞进来了，它们叫得很凶。

三年多前昭刚来西双版纳时，文山常来他家里。文山总是那副样子，话不多，老派，别人很难猜透他的心思，他却很容易把握别人的思路。一开始昭还有点不习惯他的敏锐，慢慢地就习以为常了。后来文山就来得少了，因为他总在旅行。有时旅行回来他会来昭家里，来了之后就坐在那里不说话。

"文，这一次出去有收获吗？"昭关心地问他。

"谈不上吧，这种刻意的寻找怎么会有收获？"他愁闷地说。

"还是家里好，对吧？"

"嗯。"文山心不在焉地点了点头。

昭知道问他也问不出答案，所以从来也不问他到底要寻找什么。直到最近这一次，昭才知道他居然是在寻找爱情。啊，这位老头，他的行为同他的外表太对不上号了！内心的震动使得昭将目光凝固在蚊帐前面的那一块，他觉得那里好像被弄脏了一点。咳，那是一只耳朵，不，两只！它们跟来了。

文山很有钱，在公寓里住的房间也很大，家具和摆设都比较高档。但他却没有成家，而且到了这个年纪还在寻找爱情。真是人不可貌相啊。昭揣测来揣测去的，隐隐地感到文山这一次的运气不会太好。这个女人太惊世骇俗了，文山说没人知道她的来历。也许这就是文山为什么不敢出手，只能远远地眺望的原因？昭想到文山的这一系列举动，就忍不住想笑。他在追求一种什么样的满足？那女人应该是实打实的狠角色，母夜叉一类的人物吧？这样一想，又觉得自己今天在那外面看到的东西是幻觉。他居然闻到檀香的气味，那应是他自己的想象。刚才在阳台上，他看到的是碧玉般的草坪，也许文山看到的是另一番景象？这种事还真说不准。

昭在沙发上待了好久，始终没听见文山的脚步声。

他上床睡觉之前又到阳台上看了看那间屋子。他看见所有的灯都熄了，那一块一片黑暗，连房子的轮廓都没有。真奇怪。更奇怪的是文山还待在楼上，他在看什么呢？莫非他修炼出了特殊的眼力？如没有，待在那里该有多么沮丧啊。昨天夜里，到了半夜这个人还在楼上踱步，显然走火入魔了。

那天晚上的事之后，文山消失了几天。昭暂时也不敢去他住过的平房了，因为感到那只黑熊不是好惹的。他倒是在自己公寓房的阳台上向那边观望过许多次了。房子，绿茵茵的草地，树形优美的垂柳，仍然是那幅画面，但黑熊再也没出来过。还有女主人，也是一次都没有现身。会不会文山已经去拜访过她了？昭觉得自己不好特意去问文山，那会显得自己在多管闲事。毕竟，大家来西双版纳都是来享受生活的，不是来同人纠缠的。文山对生活有更高的追求，那是他的事，旁人最好不要过分关江。

尽管如此，昭还是觉得他的个人生活在偏移，在变化。文山说到过的"地气"在以另一种方式向他的内心入侵。现在昭每天都忍不住观察那平房，夜里则一醒来就仔细倾听楼上有没有脚步声。而且他的蚊帐上的耳朵，也总是有三只。西双版纳从不让人感到空虚，但问题也在这里，它那涌动的地气总让人不安。你的邻居在你旁边饲养大型猛兽，而且让它自由行走，你觉得那对你的情绪毫无影响吗？昭问自己。但他又觉得，公寓里的人都对这件事毫无反感。

"名叫密蒙的女士，为什么我从来没见到她出来过？"昭对老盘说道。

"听说她的出进有时间段的，一般发生在半夜两点钟左右。"老盘微笑着回答。

"因为她不是单独一个人嘛。"他又补充了一句。

"我明白了。黑熊真可爱。"

"不光是可爱哦，你没感到空气中有股杀气吗，昭？"

昭不说话了，两人默默地走回公寓。在电梯里他们也不说话，老盘在九楼下了，昭继续上行。到了二十楼，突然有个人进来，是文山的管家老一。

"老一，你家文山外出了吗？"昭问他。

"我家主人在屋里睡觉呢。他每天夜里要在周围散步。"

"你上顶楼吗？"

"是啊。他将手电忘在阳台上了。"

昭坐在沙发里，陷入了沉思。老盘指的是谁？是黑熊有杀气，还是散步的两个人有杀气？他还从未见过文山大叔有杀气的样子呢。也难说，恋爱中的文山有可能生出杀气来的。那种通夜不眠的等待是能磨损人的意志的。想着文山的事，昭又忍不住去阳台上看一看。那里什么异常都没有。屋旁的路一直伸展到远方，路上有个女人正往公寓楼的方向走。昭待她走近些了仔细一看，不由得打了个冷噤：女人戴着蒙面抢劫犯常戴的那种面罩。啊，她进到平房里去了。过了一会儿，黑熊就出来了，围着平房绕圈子。

一个出门需要戴面罩的女人会是什么样的人？昭一边考虑这个问题一边责备自己多管闲事。他觉得这位女士一定有一张奇特的脸，也许竟不是人脸？想到这里他忍不住扑哧一笑。"我的思想越来越离奇了。"他说出声来。

昭刚刚煮了一碗面吃了，就听到有人敲门。居然是文山。

文山容光焕发，照旧话不多，只是往沙发里一坐。

"文，你有没有想过改变自己的生活？"昭问他。

"我不是每天在改变吗？还是西双版纳好啊。"文山有点心神不定地说。

"我虽然只来三年多，也觉得这里好。每天都有新鲜事。"昭由衷地附和道。

他俩各喝各的茶，不再说话了。昭看见文山半闭着眼，脸上显出了享受的表情。

"他一定陷入情网了，多么难得的事啊。"昭在心里想。

这时楼上又响起了重重的脚步声，昭吓了一跳，失口喊了出来："谁？？"

"是管家老一。"文山笑嘻嘻地说。

"莫非他也陷入了情网？"昭茫然地问。

"这很自然啊。那样的女人谁不爱？"

文山说过之后就盯着昭看，似乎要从他脸上看出点什么来。昭立刻感到了自己的脸在发烧。他不由得有点恼怒。正在这时文山站起来告辞了。

屋里有什么东西在簌簌作响。啊，是那三只耳朵！瞧它们激动的模样。

的确是文山将他带进了那位女士的境界。文山这人，怎么说呢，有种不动声色的魔力。是因为有文山，西双版纳的生活才变得丰富多彩了吗？

文山并没上楼去。那么，停留在顶层房间里的，是老一。这事像是变成了一种传染病一样。昭相信文山已经同那位女士接触过了——那真是一位让人遐想联翩的女士！看文山的情绪，应该是已经得到了幸福。天哪，幸福！这两个字刚一在昭的脑海里出现，他便想起了江那边的告庄的夜市，还有到处长着芭蕉树的小街。这三年里头，他幸福吗？应该是吧。住在平房里，同种种微小动物，还有植物们打成一片的日子虽过得有点繁忙，自己的身体却逐步地强壮起来了。从前住在内地时，他总是受到疾病的侵袭，而这个地方好像同疾病无缘。同动植物的关系也并不是那么一帆风顺的，有怨恨，也有对抗和纠缠，但终究维持下来了。如果不是文山的催促，他说不定至今还住在下面的平房里呢。那么文山为什么要催促他搬家？莫非他料事如神，知道他昭在西双版纳的生活要进入一个新的阶段了？昭感到，如今他住在半空中了，却并没有脱离此地的"地气"。这是另外一种地气，看不见摸不着的。不过昭相信自己不会像老一那样神魂颠倒。

昭想控制自己，不去想楼上的那个人。可是他的房间隔音效果很差，楼上的每一点响动都听得很清楚。老一每隔一会儿就从阳台那里进到屋里，走来走去的。昭气恼地对自己说："那家伙已经忘了自己的年龄了。"他记得管家已经过了七十岁。

看着窗外的暮色，昭赌气地想，他也要去阳台上观望。为什么不？

他在阳台上站了一会儿就天黑了。他眼前又出现了和上一回同样的景象，平房和垂柳都消失了，连轮廓都没有了，只有屋前的那条路还隐约可见。他感到很无趣。那么，楼上的老一不觉得无趣吗？他从这黑糊糊的一片里头看出什么来了呢?

昭坐在屋里,他没听到楼上有任何动静。他想,一定是自己的视力太弱,穿不透那一片黑糊糊的罩子吧。想着这事就有了瞌睡,眼睛也睁不开了。

在沙发上睡了十来分钟,楼上就发出了可怕的巨响。是老一弄翻了桌椅。接着昭就听见他跑出了房间,大概坐电梯下去了。老一的举动是什么含义?

下面的那一片还是黑糊糊的,不过路上有一队人打着灯笼过来了。他们走到平房这里就举起了手里的灯笼。昭听见了熊的咆哮,让他毛骨悚然,因为他听出了叫声中的残暴。那五个人同黑熊对峙了十来分钟就离开了。他们走进了公寓,却原来他们是这栋楼里的邻居。这件事给了昭很大的震动。他躺在沙发里,时而睡去时而又醒来,他觉得自己在同身体里面的一股势力搏斗。醒来时抬眼一看,蚊帐上的耳朵们不见了。

昭去食堂吃早饭时碰见了文山,文山脸上显得很光鲜,昭暗想,这文山,真是个英俊的老头啊。

"你好像精神不太好。"文山打量着他说。

"昏沉的夜啊。"昭说。

文山干笑了两声就走出了食堂。

昭刚坐下来吃,倪就在他旁边坐下了。倪想和他说话。昭等着。

"我正好在半夜两点钟醒来了,一时兴起就往外走去。

果然，她也出门了。她裹在一团黑影里，我是看不见她的。我们一前一后地在路上走。我估计她是牵着熊，要不那团影子怎么那么大？我心里窃喜。可是过了一会儿我就走丢了，他们在我眼前消失了。我怎么会走丢了呢？那种时分，大概不可能集中注意力吧。"

"真可惜啊。"昭同情地对他说，"我看还有机会……"

"难说。"倪脸一沉。

他端着他的盘子走开去了。昭心里想："他觉得我不能与他沟通。"倪并不需要他的同情，他说出自己的失败，也许竟是为了炫耀？昭看见倪又在同另外两个邻居讲昨夜的事，他的声音很响。邻居老盘在哈哈大笑，一边骂他："你这老狐狸！"

那三个人笑得前俯后仰。昭隐隐感到他们是在笑自己。他们的生活该有多么丰富啊。也许到夜里，他自己也应该外出搞活动？如今不是人人都在异想天开吗？

昭进了一趟城，买了些吃的用的。快到家时，他推着小车又经过平房。那位女士坐在门口，黑熊在草地上吃东西。他终于同她面对面了。可是她戴着黑面罩，连她的眼睛都看不到。倒是她的双手放在膝头上。那是一双骨骼粗大的农妇的手。

昭近距离经过时，举起手向她打了个招呼。

女士无动于衷，或许没有看见，或许看见了。

在电梯里，老一对昭说：

"我看见你同她打招呼了，其实没必要。"

"为什么呢？邻居之间不应该讲礼貌吗？"昭不解地说。

"她不会回答的。她心里只有黑熊。"

昭感到有点沮丧。他将买来的东西扔在屋里，先到沙发上去休息。楼上又有人在走，应该是文山吧。那位女士坐在门口，这是很少有的，所以文山……昭打断自己的思路，到厨房里去烧水了。

他一边喝茶一边回忆白天的事。早上坐公交车进城时，居然听到坐在前面的人在议论密蒙女士，他们称她为"熊夫人"。昭一听到那几个字脸上就一热，好像他们在说他似的，忍不住一阵一阵地发窘。这是怎么回事？他的精神状况是不是出问题了？那几位说话的男子都比他年轻，他们兴致勃勃的，嗓门提得很高。昭坐在那里越来越难受，幸亏他发现后排有个空位子，他赶快换到后面去了。但他坐在后面还是断断续续地听得到那几位的议论，所以很不自在。

"我对夫人的习惯了如指掌，但我绝对不会……"高个子这样说。

"她呀，原先是我们小区的。不过她从不在一个地方……"另一位说。

昭觉得他们就好像故意说给他听一样，所以他的脸上仍在发热。就在他感到忍无可忍之际，车子正好进城了。

于是昭提前下了车。车门即将关上时，他听到那几个人正爆发出狂笑。昭弄不清自己的情绪，不知道自己为什么发窘。他当然没有爱上密蒙女士，他的情绪莫名其妙。因为大脑不那么清醒，他便在超市胡乱买了些东西，匆匆忙忙又坐公交车回来了。回家的路上就发生了那一幕，他一时兴起就同女士打招呼了。女士不理他也在情理之中。偏偏那一幕又被老一看见了，之后他一定去向他的主人汇报了。唉，汇报就汇报吧，有什么事瞒得过文山的眼睛？现在到处都是密蒙女士的影子了，种种的出其不意有时令他不适，害怕，有时又令他惊喜。车上遇见的那几个人，他们也来这里搞夜游吗？

有人从顶楼下来了，这回是老一。他为什么不乘电梯？

昭将门开了一点，看见老一站在门口。他邀老一进来，老一摇了摇头。

"在这条路的尽头，五棵合欢树那里，有五个人藏在树身后面。这是半夜里发生的事。我们这里热闹起来了，现在人们已经不分昼夜了。"老一说道。

他转过身朝电梯走去。原来他是专门来告诉昭这件事的。

昭想象着五个人藏在树身后面的情景，觉得很有趣。白天此地已经变得像火炉一样热了，人心大约也如此吧。夜晚的时光是多么珍贵啊。

好多天过去了，昭一直在考虑要不要夜间出游这件事。他拿不定主意。他是从内地来的，还没有养成夜间搞活动的习惯。他要不要完全改变自己的生活习惯？

他将自己的疑虑告诉了文山。文山回答说："你顺其自然吧。"

到了夜里，昭犹豫了几回，又去阳台上看了几回。那一块黑糊糊的，没有任何变化。

电梯下到十楼时，进来了五个人。这五个人都是平时同昭一块在食堂吃饭的。他们都不说话，好像在想心事。他们也不望昭一眼，好像不认识了一样。

出了公寓大门，六个人自然而然地排成了一队，昭排在最后。他们沿着那条路走，一会儿就走到了那栋平房那里。夜里刮南风，昭闻到了兽皮的气味，那气味很浓烈，并不令人愉快的那种。他们都停下了，昭也停了下来。这地方这么黑，像有人放了烟幕弹一样。他们转身往屋里走，昭也跟了过去。啊，真是激动啊。

在黑洞洞的房间里，响起了文山沉着的声音。

"从今天起是我住在这里了。我和黑熊，没有别人。各位夜间还来散步吗？"

他们七嘴八舌地说话，说早就知道了，还说他们就是冲着文山来这里的，当然还有黑熊。

"夜间活动给我们带来无穷的乐趣。"他们异口同声地说。

那几个人在黑暗中站立了一会儿，就一块回公寓去了。

　　"文，密蒙离开了吗？"昭问他。

　　"嗯。太出乎意料了。不过我马上就适应了。"

　　"你真了不起，你成了地道的西双版纳人了。"昭说。

　　他们一道走出屋子，来到后面草地上。在草地的那边的木屋里，黑熊在哭泣。他们看不见它，但它的声音传达的悲哀令他们泪目。

　　"这里为什么这么黑？"昭悄声地问文山。

　　"因为是哀悼日嘛。"他也悄声地回答。

　　他们不约而同地看天。不知从哪一刻开始，天已经变蓝了。在对面，他们的公寓的轮廓清晰地显现出来，十楼以下被灯火照得亮堂堂的。

　　这样的夜空，人们这种热烈的情绪，让昭怀念起久违了的小动物们来了。不远处的那片荒草里，蟋蟀叫得那么执着。

烟　城

　　我们的城被称为烟城，我是城里的居民，今年六十八岁了。烟并不是一下子涌到城里来的，而是经历了一个很长的过程，城市才慢慢成了这个样子。我记得我小的时候，爷爷常对我说："别哭，晚霞一出来，到处就都变得清清亮亮的了。"他这样说，是因为每天下午，周围的农民都要烧荒。一烧荒就有浓烟飘进城，烟一进城我就开始吵吵闹闹，还哭。但晚霞是个好东西，晚霞满天闪耀时，烟雾就无影无踪了。烧荒只是季节性的，后来农民们停止了烧荒，不知从何处而来的烟却滞留在我们城里了。一开始不那么多，稀稀地散布在空气中。有好多年，我们甚至习惯了它们，因为任何事都是可以习惯的。不就是眼里有点异物感吗？不就是事物的边缘轮廓有点模糊吗？这没什么大不了的。何况还有晚霞，晚霞能让我们看到城市的本来面貌。然而随着时间的推移，晚霞也渐渐变得暗淡了，这是因为烟的浓度增加了。大约在我三十五岁那年，晚霞就不再出现了。那时的烟，使我们在六七米外就不太看得清人的面部了。没有了晚霞，但我和爹爹和妈妈（这期间爷爷已去世了）还可以感觉到太阳的所在，我们站在屋前的院子里时，大家总是不由自主地将脸转向西边，感受太阳的暖意。烟雾挡住了光，却并没有挡住热。

没人去判断不知从何而来的烟对于城市，对于我们是好事还是坏事。它们就这样来了，来了就不走了，人们接受了它们，同接受空气一样。人们有意无意地觉察到，空气中的烟一年比一年更浓了，终于连房屋、连街道上的人影和车辆也变得影影绰绰了。不过这也并不是什么特别大的妨碍，只要将生活的节奏放慢就可以了。于是车辆的速度变得像人走路一样，而人在街边走就像乌龟爬一样。如今我们的气管和肺部对于烟雾也非常友好了，它们已经认为烟雾与空气无异，所以烟雾就在人体内静悄悄地穿梭，通行无阻。

汪姨的一天

我是烟城的汪姨。烟城是一条河面宽阔的河流，我是航行在河里的一条蒸汽轮渡船。我从五年前就开始将烟城看成一条大河了，这不是很贴切吗？说到我自己，每天早上一睁眼我就开始工作了，我不停地工作，将一批又一批的人们从江的这边渡到江的那边去。早上雾蒙蒙的，谁也看不见谁，只是隐约看见一些移动的影子。所以我总在叫喊，我的嗓子总是嘶哑的。有时我在喊，却什么声音也没有发出来。通往轮渡船的浮桥剧烈晃动起来，有人掉下去了，发出撕裂人心的尖叫。掉下去的是谁？没人看得清。也许没有人掉下去，只不过是日常生活中的戏剧。

"我爱您，汪姨。季节更换，严冬又一次来临，但您从不现身。我坐在轮船里，像盲人一样向河面张望——视野里没有人，没有桥，也没有天空。"小女孩喃喃低语。

我不给人指路，因为没有路，我用汽笛来唤醒人心。他们在舱里睡得太沉了。喂喂，醒来，汪姨在叫你们动身了。跟着人群走，不要左右顾盼，将脚步抬得高高的。他们开始蠕动了，先是晃来晃去的，慢慢地队伍就成形了。队伍一成形，落水的可能性就很小了。我总在纳闷：他们心里在想些什么？还是什么都不想？后来我得到了答案。有三个女孩先后告诉我：她们什么都不想，仅仅迈动脚步，紧盯前方。前方有什么？没有什么，只有同行者灰灰的背影，那些背影的边缘都很斑驳，像是被河风吹烂了一样。女孩们发出清脆的笑声，她们看不见我，她们就站在浮桥上向我说话。

　　舱里有一些心事重重的中年男人，他们不向河面张望，而是向自己的腹腔张望，就好像那里面有发动机一样。这些中年男人们不喜欢交谈，但他们老在自言自语。我听得见他们在说些什么，但我并不想听。他们说的事一般都同吃有关，今天吃了鱼，昨天吃了萝卜，明天要吃西红柿之类。难怪他们老看自己的腹腔，大概是想看到食物在里面的旅行吧。他们是些固执傲慢的人们。他们小声地说着话就睡着了。船靠岸时我用力鸣汽笛他们也不醒。于是我冲进舱里破口大骂。他们这才迷迷糊糊地醒来。舱里的烟是很浓的，人们相互看不清彼此的脸，哪怕是旅伴，也只能靠相互摸索和声音来辨别对方。船在撞击声中停下了，这撞击是一个标志。于是大家站起来，拿好行李准备下船。只有我的视力不受烟雾的影响，于是我可以从容地打量这些孤独的背影。不，他们并不孤独，尤其是这些中年男人，他们之间一定是通过某种没人看得见的通道在相互交流。单独来看每一个背影是孤独的，可他们为什么总是聚在一块，并没有走散呢？瞧，他们上岸了，他们在默契中向广场那边走过去了。

　　中午是美好的，机房里一片静默，我在吃盒饭。盒饭是岸上的一家饭店送来的，有虾，鸡蛋，还有花椰菜和小辣椒。我慢慢地享用，一边仔细地倾听烟城的动静。

"汪姨，您见过没有鳃的草鱼吗？"一个孩子的声音在门外过道里响起。

我打开门，却没有看到有小孩。我问他在哪里。没人回答我。

在岸上，烟城骚动起来了。这些彼此看不清对方的人们却心连着心的，他们现在一同感到焦虑，有人在吹出尖锐的口哨声。他们在沸腾，这些热情的人们让我感到欣慰。我知道傍晚时分他们就会集结在河边，每个人都将他的脸迎向那看不见的晚霞。晚霞不用看，只要用脸上的皮肤去感受。那太阳啊……

现在我要抓紧时间午休，因为过一会儿乘客们又要来了。

在我的睡梦中，那个孩子一直在向我询问关于草鱼的事。多么执着的小孩。我似乎是回答了他，但我的回答却是一些新的提问。我漫无边际地问，并不关注他的回答，而是专注于他的声音。我知道他是来自太阳的孩子。他让我的睡梦洋溢着暖意。

没过多久，就是乘客们到来的时刻了。我将机房收拾好，然后走到舱里，选了一个正中间的乘客位置坐下来。他们进来时，我将头垂得低低的。坐在我周围的是一些青年学生，他们都在小声地唱着同一首进行曲。是为了提振精神，赶跑恐惧吗？

我一动不动地坐在那里。后来他们唱完了。

"汪姨，您见过初升的太阳吗？能给我讲讲吗？"旁边的男孩请求我。

"那都是过去的事了。并没有你们想象的那么好。"我低声说道。

"可是我们很想知道啊。"三个男孩的声音一齐响起来。

我沉默了一会儿。他们耐心地等待。

"从前烟城没有烟的时候，这里是火的世界。我是说白天。那时昼夜分明，每个人都没有选择方面的难题。比如我，我喜欢悬疑感，我就一天到晚待在轮渡船上。"

我说完这几句话之后就不再说下去了。我以为他们会提问，却没想到他们也沉默了。我只能勉强看清挨我坐的这位矮个子男孩，我的视力一下子失灵了。

也许我的话引发了男孩们的遐想？他们是否渴望感受太阳的能量？我当然还记得清晨的太阳，还有朝霞。但那种风景现在对我来说已是太单纯了，我不喜欢太单纯的事物。我感到这几位青年已经听懂了我话里的意思。接下来发生的事令我吃惊，因为他们居然静悄悄地溜掉了，躲起来了。我顺着座椅摸过去，然后又摸回来，我所在的这一排空空的。这些青年啊，脑筋转得飞快，不愧是今日烟城的居民。我忽然有些感动，是为我自己，还是为他们？轮船在水上平稳地行驶，男孩们躲在某个角落里回忆他们从未经历过的关于太阳的那些往事。

现在又是一拨人进来了。我恢复了视力，也许是汽笛的叫声让我恢复的。

他们穿着花花绿绿的衣服，有点像一个马戏团的人。他们进舱后就开始摸索着找座位，找到了便坐下。他们坐得稀稀拉拉的，因为这一班船人数不多。然而却有一只美丽的黑猩猩！她大摇大摆地坐在那里，至少占据了三个人的座位。我感到猩猩的视力也同我一样，完全不受烟雾的影响。当我看着她的时候，她也在看着我。她的目光无比深邃。有一位男子过来了，他像盲人一样摸索着，终于摸到了黑猩猩的背。黑猩猩反转身朝他的手猛咬了一口，他发出凄厉的叫声，举起一只血淋淋的手。我发现周围的人们听到这叫声后，脸上都有种如释重负的表情。人们在窃窃私语。"勇士。""勇士啊……""他？豁出去了？""难得的相遇啊。这就是机运。"

被咬的这个人是一个没有面部的人。他的脸是一块平板，但他却有一个优雅灵活的脖子立在宽肩上。这是我一生中见过的第二个没有面部的人。第一个是我的老爷爷，已经去世了。那个时候雾还不太浓，我每天都能看见我老爷爷脖子以上的那块平展开来的皮肉。我不止一次地设想，也许他的五官躲在这块皮肉的后面？他不说话，但他那无声的威严为家中的每一个人所领悟。他躺在棺材里时，家人在他脸上盖了一块白麻布。那时我感到很遗憾，因为老爷爷没有五官的脸其实很好看，令人（至少是我）遐想联翩。那么，这个被猩猩咬了的男子也是属于我的老爷爷一族的吗？他的脖子多么美，比老爷爷的还好看。我预料到他不会回答我，但我还是问他：

"先生，您是姓汪吗？"

他的脖子像鸟儿一样扭动了几下，我不知道那是什么意思，可我大为感动：多么迷人啊！他离开我，走到窗户那边去了。他在看河。

"他是一名间谍，了不起的间谍。"人群中有人在说。

我想，这个人的判断有道理，他应该是某位祖先让他潜伏下来的间谍。我不敢再靠近他，我怕干扰他的工作。黑猩猩怎么样了呢？黑猩猩也不在座位上了，她来到了那个人的背后，面朝着我和其他的乘客，正在做鬼脸。但除了我，乘客们是看不清她的。

思考着那些年代久远的往事，我眼前出现了一个立体的图案，那是烟城的历史轨迹，局部有点乱糟糟的，但还能分辨出一个轮廓。

好，我要下班了。我收拾起我的东西去我的宿舍。我没有家庭，是一位独身的阿姨。我的家庭就是烟城。我爱这个总不出太阳的、看不透的城市。在湿漉漉的春天里，我们睡到半夜时可以听到群山的歌唱。这隐隐约约传来的歌声令我们记起，我们的城市是被群山环抱着的啊，为什么我们忘记了呢？不知道是不是由于常年烟雾的笼罩，很多事情都从记忆中消失了。我们能感到那歌声的热度，也许是太阳传给山峦的。我们听完后就睡着了，早上醒来就不再想起。

"汪姨，您见过没有鳃的草鱼吗？"太阳的孩子在宿舍的过道里大声问我。

"见过，好孩子，在人工湖里见到的！"我在床上翻身，大声朝门的方向喊道。

烟城的园林工

我是老古，烟城的园林工，管理着这个大花园。

我经历了烟城的变迁：从无烟到有烟，再到被烟雾吞没。回忆起来，发生的一切都是有条不紊的，所以我也没有大惊小怪。现在，我和这园子里的植物已经见不到真正的阳光了，而且昼夜也不再是分明的了。管理局为公园配备了一些大功率的探照灯，但这些大灯的光芒弱弱的，像阴天夜里的月亮一样。我和这些植物都感到，如果没有探照灯和路灯，我们会过得更好，为什么要如此操心呢？不可理解。不要以为花草和树木就没有眼睛，它们的眼力甚至比起人来还更敏锐呢。其实，我观察到阳光的缺少和烟雾的加重并没影响它们的生长，它们甚至还有点喜欢现在的环境呢。我，一个三十年工龄的老园林工，还弄不清这些植物的习性吗？它们就像我的孩子一样。我说一件事吧。探照灯都装在小广场，一共六盏。小广场里种着金桂树。前些日子，我发现一株金桂树有些枯萎的迹象。我立刻联想到了紧挨着它的大探照灯。我该怎么办呢？我既不能移走探照灯，也没法移走这株倒霉的树——只有它紧挨着那光的恶魔。整整两夜的失眠后，我想出了一个主意。我邻居家里有一个调皮的男孩，他是弹弓高手。我将他带到小广场，许诺给他买一把高级弹弓，条件是他帮我射灭那盏灯。他立刻成功了。我的金桂树就这样得救了。一个星期后它的枝叶变得十分有精神了。我喜欢窃窃私语的花儿，我并不能听懂花儿们的语言，但我一眼就能看出它们是不是在说话。我种下了大片的金线菊，就因为这种花最爱窃窃私语。我很早就发现，当烟雾遮蔽了阳光之后，金线菊就变得更活跃了，它们抖动着花须和叶片，发出细小的沙沙声，每一株都是一位美人。我是偶然用手电照向花丛，发现这个秘密的。而且我还知道了，烟雾越浓，菊花们就越活跃！高大柔美的宝塔柏们说的是另外一种语言，它们的枝叶随风发出蜜蜂蜂鸣一样的声音，风来风去的日子是它们最快乐的日子。这种时候，我用手碰一下这株树，它们就嗡嗡嗡嗡地说个不停，就如同被触发了语言的灵感一样。我觉得宝塔柏对烟雾的降临是情有独钟的。瞧它们在这漫长的年头里生长得多么壮实了啊。早年里阳光灿烂时，它们在中午烈日当头之际总显得有些委顿。

"古伯伯，我妈妈叫我来向您学习栽花！"小男孩说。

"你是谁家的孩子？让我摸摸你的脑袋。"我说着伸出手去。

我摸到一个圆圆的小脑袋，短短的头发很扎手。他是公园大门口那家人家的。他的爹爹死于大烟雾降临的前夕。他是太阳的崇拜者，因恐惧而死。

"古伯伯，我的名字是蝶，蝴蝶的蝶。"

啊，别出心裁的名字。

"蝶，这是蝴蝶兰。你触一下它，不要用力摸。"

蝶很听话，他轻轻地触摸了一下那一串花儿，马上缩回了手。

"古伯伯，花儿是白色的吗？"

"是桃红色的。你喜欢吗？"

"太喜欢了。我能给它们浇水吗？"

"现在不用浇水。你对它们轻轻地说话，它们就会回你的话。"

蝶蹲在地下，逐个向那一盆一盆的蝴蝶兰默念着什么。他非常兴奋，将这件工作做了很久。直到同所有的蝴蝶兰对过话之后，他才站起来。

"古伯伯，我要回去告诉妈妈，我同弟弟们说过话了。"

我听着他离开的欢快的脚步声，便在心里想，他爹爹的担忧是多余的，世界并没有因此衰落，反而激起了新一代的好奇心。那一年，这株合欢树下，蝶的爹爹声音低沉地对我说："黑暗即将偷走我的心……"黑暗中的蝶却顽强地活了下来。是啊，他同我们烟城的人们一道度过了变迁的日子，烟城的孩子们锻炼出了足够的灵活性。如果那位爹爹还在，会不会改变他的思路？

我坐在这株合欢树下，它仿佛听到了我的思想，它的树皮发出细小的响声。我将脸仰起来向着天空，立刻感受到了太阳的方位。我在心里对那位爹爹说："这不是黑暗，是一种伟大的融合啊。"风从树间穿过，那些枝叶和花朵应和我的心里的话。当然，合欢树也感受到了阳光——每时每刻。

太阳偏西时，我终于干完活要回家了。我向着西边那看不见的落日说："您好，您的崇拜者的儿子来过了，他对您的安排很满意。"今天的落日能量很大，应该是将一大片晚霞都染成了赤金色。瞧那一排桃花心木，那么聚精会神地倾听着落日的脚步声。

"古伯伯好！"一队小学生的身影跳跃着，他们向我问好。

"同学们好！"我高声应答道。

我回到了我的小屋。我的小屋在公园的边上，屋顶是稻草盖的，看上去像蘑菇，同这灰色的烟雾很相称。这屋顶是我自己设计和施工，这么多年过去了，它由时间证明了是非常合时宜的。草屋顶吸收露、吸收烟，也吸收植物和人类的气息。我睡在这个屋顶下，感觉自己的身体与这屋顶一道，被织进了由烟雾连成一体的城市之网中。我的屋顶和这些土墙，具有纯正的烟城的气味，这是我最感到自豪的一件事。当我入睡之际，常有声音在远方召唤我："古伯——古伯……"那是我的老奶奶，她去世多年了。我记得她去世的时候城里还没有烟雾，那时一切事物的轮廓都是那么分明，色彩也是那么强烈。啊，那种日子该有多么艰苦难熬！现在，我的老奶奶被埋在了郊区的墓地，但她总爱来城里逛一逛。她一来就会呼唤我，声音里面充满了渴望。我知道她喜欢烟城，她想与我共享喜悦。

一位将要睡在火车小站的姑娘

烟城共有两个火车站，一个是烟城站，有着雄伟的门楼。另一个是一个很小的站，在郊区墓地那边，它有个别致的名字叫"蜗牛站"。只有慢车才会在蜗牛站停车，但如今慢车越来越少了，一般来说一天最多有一班慢车，有时连一班都没有。于是这个蜗牛站成了个寂寞的小站。候车室里只有两排长椅，已经很破旧了。来这搭慢车的人一天也就三四个人，都是穷苦的人。

这位姑娘给自己取名为"桃金娘"，因为她觉得自己很像坡边的一株野桃金娘。她是偶然发现郊外这个蜗牛站的，一发现就立刻爱上了它。

桃金娘在烟城粮库上班，那个工作十分轻松，一下班她就变得无所事事了。

假日里，无所事事的桃金娘来到了郊区墓地。她在坟茔间穿行之际用手电照来照去的，意外发现到处都是白色和粉色的野桃金娘。这一发现令她很激动，她感到自己好像一下子就成了桃金娘世界里的皇后。她在墓地里奔跑，手电光一晃一晃的，口中高喊着一些胡言乱语，比如"永不言败"啦，比如"曲径通幽"啦，比如"日落西山红艳艳"啦等等，全是些毫无意义的昏话。然后不知怎么的，她一没注意就跑到墓园之外去了。墓园外面不再有野桃金娘，却有一个很小的火车站。她走进去，看见站里有短短的两排长椅，再用手电往墙上一照，又看见一块小黑板，上面用粉笔写着当天的车次。离当天的客车到来还有一个多小时，桃金娘决定等待这班车。她心里有种模糊的预感，似乎她的生活中有一件事要发生了。那会是什么事呢？这真是一个奇怪的小站。桃金娘所在的烟城并不大，在悠闲的日子里她逛遍了城里和城郊的每个角落，可是以前从未注意到墓园边上有这么一个车站。车站前的铁轨也很奇怪，是单轨，伸向西南方向，应该同烟城火车站没有关系。桃金娘在小站周围遛了一圈之后，脑子里就生出了一些奇奇怪怪的念头。她是土生土长的烟城居民，虽算不上穷人，但也确实没有钱外出旅游。除了幼年时随姥姥去过一次她的北方老家之外，她一直是待在此地的。有时候，她也会去人来人往的烟城火车站看看，想象一下那些旅客们的心情。然而现在的这个小站却让她好奇不已。它就像从烟雾里突然长出来的一个东西，又像是为了与她相遇而出现在墓地边上的一个装置。桃金娘愿意这样想。这单轨铁路的两边既没有房屋也没有公园，前方显得空旷落寞。她沿铁路走了一会儿，然后回到了小站。

当桃金娘回到小站时，站里的景象已经完全改变了。长椅上坐了三位小伙子，她虽看不清他们的脸，但知道他们是烟城人。他们说话的声音压得很低，似乎在讨论去北方打工的事。他们非常严肃地谈一些紧迫的问题，没有注意到一位姑娘的到来。桃金娘悄悄地在后排长椅上坐下来。

她听不清他们的谈话，但感觉到谈话的氛围透出抑制和紧张，还有种诀别的意味。他们会不会从此一去不复返？小伙子们的声音时高时低，桃金娘的情绪也莫名其妙地随着忽而紧张，忽而沮丧。后来她终于等来了轨道的震动，接着是缓慢的隆隆声。

"朝思暮想者来了！"他们当中的一个高声大气地说。

三个人都背着行李向外走，空气里洋溢着青年男人的体味。

桃金娘一声不响地坐着不动，生怕他们发现自己。

他们离开后，她便走到窗户那里去观望。

虽然车厢里灯火闪耀，但桃金娘所看到的是模模糊糊的一长排东西，既不显得温暖也不显得有熟悉感，像外来的异物，令她微微地失望。她暗暗地估计了一下，觉得不会有下车的旅客了。那三位大概早就在车厢里坐好了吧。

不知为什么，桃金娘没有马上回家，而是回到小站的长椅上静静地坐了下来。

天已经黑下来了，可是她一点也不觉得饿，她太激动了。她要坐在这里将今天发生的事想一想。那客车已经朝着她不知道的地方远去了，她觉得自己心里有什么东西被它带走了。也许是生平第一次，她意识到自己也可以有"曲径通幽"的机会，就像她下午在墓园里喊出来的一样。假如不是曲径通幽，而是通向了死胡同，那也是一趟新鲜有趣的旅行啊。她再次用手电照那块墙上的黑板上的字，发现那上面没有写目的地。多么神奇！那粉笔字刚劲有力，显然不是疏忽。

"这真是一个沉思默想的好地方。"她背后响起了一个声音。

她转过身去，看见了一个黑影。那人走到长椅前，同她隔开一点坐下了。

"我是下车的旅客，刚才去墓地里转了转。这地方真美，我没想到有这么美。"

"那么，您在车上时是如何想象这里的呢？"桃金娘迫不及待地问。

"在车上？我什么都没想。"他说。

"哦——"她拉长了声音，"您经常旅行吗？"

"不，很少很少。这次旅行是无意中发生的。"

"无意中？天哪。"她叹道，像是充满了遗憾。

凭着烟城人对声音的敏感，她听出了对方是位中年男子，性格随和。

"那么，您也要无意中离开了？"她嘲弄地问。

"是啊。"他想了想，突然提议，"我们一块去城里吃饭吧。"

桃金娘高兴地答应了。因为她渴望听他讲关于火车车厢里的情况。她认为这列客车非常神秘。有一件事她觉得不可理解，就是这位中年人好像真的是一个影子，他始终没给她一个实在的感觉。烟城的夜晚是黑暗的，即使有街灯也没有用。这个人沉着地走在桃金娘的身旁时，桃金娘曾迷惑地伸手去触碰他，但什么也没有碰到。

"请问您的名字？"她说。

"名字？你随便叫吧，我从西边过来的，您可以叫我西边客。"他和蔼地说。

"我就叫您西哥。我的名字是桃金娘。"

"我明白了，您是花王。我真幸运，今晚请花王吃饭。"

他俩上了一辆公交车，一人坐了一个位子。桃金娘觉得售票员是看得见这位西哥的，他不是从容地从小伙子手里买了票吗？为什么她自己看不见他呢？

下车后，桃金娘建议去一家她熟悉的饭店。

"我有一个请求，西哥，我想由我来请客。因为我是地主，地道的烟城人。"

"好啊！"他拍了一下手，"您真是一位豪放的姑娘！"

他俩坐在靠窗的座位。一会儿工夫菜就上来了，一共有五菜一汤。那些菜都是桃金娘点的，因为西哥说他不会点菜。这家饭店的菜汤是很特别的，用山上的一种很香的野菜熬出来，那是一种柔软的细藤，有着星形的细小叶片。桃金娘遗憾地想，这么美的一道菜，可惜客人看不清。她也不好意思用手电去照每一道菜。

西哥一边吃，口里一边赞叹着："真好吃，真好吃……这是什么野菜？太出色了！能吃上这么美味的食物是一辈子的福气。我觉得我一下火车就掉进了一个温柔之乡。那么多桃金娘，后来又遇见花王……今后我会不断地进行这种旅行，这种奇遇一旦开了头，就再也停不下来了……我想一想，我是怎么上火车的？对了，因为那是一辆临时加挂的客车！目的地不明确……我一冲动就上车了。您瞧，我没有任何多余的行李，就只有这只手提包。这不是很能说明问题吗？"

桃金娘赞赏地将微笑的脸朝着刚认识的朋友，她觉得自己的思路一下子就跟上了他，莫非这也是"奇遇"的特征？她不说话，她在心里应和着他。

一个影子朝他们这边移动，是饭店老板过来了。

"客人，我送给您一件礼物——地道的烟城城郊的桃金娘。"

他将一个纸盒放在饭桌上。

西哥立刻站起来，朝着老板深深地鞠躬。

吃完饭，这两个人来到了雾蒙蒙的烟城市中心的大街上。

"西哥，我们要告别了，我们握握手吧。"桃金娘说。

他伸出手，她想去握，但并没握到。

"西哥，这是怎么回事？"她惊恐地问道。

"这是个秘密，您让它留在您的心里吧。"他激动地说，"我刚才已经决定了，要将那辆火车当作我的家。那就是说，我每隔几天就会到烟城来一趟。"

"欢迎您，西哥！"

桃金娘往她的公寓走回去时，路灯忽然一下黑了，周围变得一片漆黑。好在她早已习惯了走夜路。黑暗令她的思路更为清晰。她决定从明天起，就将蜗牛小站当作自己的家。为什么不？她可以每天下班后来小站休息。这很简单，只要将她的铺盖搬到小站就可以了。一开始，那些乘车的人和管理人员也许会不习惯，但她可以向他们解释，她的解释一定会生效。她，作为烟城的女儿，相信这一点。

听完这三个小故事，你们感受到了我们烟城的特殊魅力吗？我今年六十八岁了，我不喜欢怀旧，我朝前看，心中总是充满了期待。这也是烟城人的性格。